D1711349

CORÍN TELLADO

No olvidé lo ocurrido

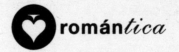 romántica

Título: No olvidé lo ocurrido
© 1978, Corín Tellado
© De esta edición: julio 2004, Suma de Letras, S.L.
Juan Bravo, 38. 28006 Madrid (España) www.puntodelectura.com

ISBN: 84-663-0979-9
Depósito legal: M-27.438-2004
Impreso en España – Printed in Spain

Diseño de cubierta: Sdl_b
Fotografía de cubierta: © Wesley Hitt / Contacto
Diseño de colección: Suma de Letras

Impreso por Mateu Cromo, S.A.

10200 / 21

CORÍN TELLADO

No olvidé lo ocurrido

*Lo viejo se derrumba, los tiempos cambian
y sobre las ruinas florece una nueva vida.*

F. VON SCHILLER

1

Pía Villalba atravesó el vestíbulo del Instituto saludando aquí y allí. Todos sus alumnos la apreciaban. Desde hacía un año impartía clase de lengua a segundo de BUP en aquel centro docente como PNN, y los chicos ya entre los quince y dieciséis años andaban, como si dijéramos, algo enamorados de ella porque era joven, bonita, amable y amiga de sus muchachos.

El director del Instituto, que también era amigo suyo, le decía a veces que debía ser más severa. Pero Pía sonreía divertida, y aseguraba que su clase era la más pacífica, la mejor ordenada y donde tenía a los chicos más obedientes, a lo que el director, sin remedio, tenía que asentir.

—Señorita —la rodearon tres muchachos—, ¿qué notas hemos sacado en esta evaluación?

Pía sonrió.

Sonreía fácilmente Pía Villalba. Tenía una sonrisa preciosa, una cara de óvulo casi perfecto, unos ojos pardos y un cabello leonado de color castaño, tirando a rojizo, amén de unos dientes blancos y perfectos.

—No he corregido los exámenes —les dijo—. Pero ahora no me detengáis porque tengo mucha prisa.

En la acera, junto a su automóvil, estaba Arturo Valdés, el profesor de historia, que, según los muchachos, era un hueso, pero que para ella era además de un compañero, un enamorado...

—Estaba mirando si habías traído auto —dijo al verla.

Pía frenó su carrera.

Vestía pantalones de pana metidas las perneras en botas marrón, una camisa tipo masculino y un suéter de cuello redondo por donde asomaba la camisa, además de una pelliza de ante color marrón como las botas y el bolso que portaba al hombro.

—Sí que lo he traído —dijo mostrándolo aparcado no muy lejos—. Tengo que ir a la Seguridad Social y no sé si me dará tiempo. Mamá anda malucha y ayer la visitó un médico y me mandó ir por una receta. No conseguiré ver al médico en la consulta, pero me dijo que se la pidiera al médico de guardia, que se la dejaría allí para mí. Lo que me falta ahora es que la haya olvidado.

—Yo que pensaba invitarte a tomar el vermut...

—Lo siento, Arturo.

—¿Tienes plan para esta tarde?

—Ya te lo he dicho. Tengo a mamá malucha y no pienso salir. Si puedo vendré a dar la clase nocturna, pero si mamá no se levanta la dejaré para otro día.

—¿Mañana? —insistió Arturo.

Arturo era un tipo entretenido, inteligente y muy culto. Daba gusto hablar con él, pero sólo le gustaba para eso. Intimar con él en plan de novio ya era otra cosa muy distinta.

Además ella sólo tuvo un novio en su vida, lo dejó cuando pensó que no lo quería y cuando él se esfumó se dio cuenta, al cabo de poco tiempo, que era el hombre de su vida… Pero resultó ya demasiado tarde. Enrique Melero se fue de la ciudad y no había vuelto ni seguramente volvería en mucho tiempo o tal vez nunca.

Se alzó de hombros de nuevo pensando en aquello tan ido ya…, pero de todos modos presente en su mente muchas más veces de las que ella hubiera querido.

—No lo sé, Arturo —dijo evasiva—. Todo depende de cómo esté mamá. La dejé en cama y al cuidado de la asistenta… Comprende. Ya sabes que mi padre es marino y navega por esos mundos viniendo sólo de seis en seis meses —sonrió añadiendo—: Jamás se me ocurriría casarme con un marino.

—Yo no lo soy.

—No, si no lo digo por ti, Arturo. Hola —iba saludando a los chicos que pasaban a su lado—. Hasta mañana. Como te decía, Arturo… Sí, sí, hasta mañana —volvía a mirar a su compañero—. Lo decía por mamá. Vive siempre en vilo y además sin marido. Una se casa para compartir la vida con el esposo, y eso de vivir separados no entra en mí. Ya sé que tú no eres marino, pero tampoco eres mi novio.

—Porque tú no quieres.

—Te veré esta noche o mañana —dijo ella presurosa y haciendo tintinear las llaves de su Ford Fiesta, se lanzó hacia el vehículo alzando la mano y diciendo adiós a su compañero.

Un grupo de chicos que les observaban rieron para sus adentros contentos de que la profe de lengua diera esquinazo al profe de historia. No apreciaban a Arturo. En las evaluaciones hacía verdaderas escabechinas, mientras que la profe de lengua era capaz de hacerles repetir seis veces el examen antes de suspenderlos, y muy burro tenía que ser el alumno para que ella le pusiera insuficiente.

El hecho de que Pía le hiciera tan poco caso a Arturo llenaba de satisfacción a los jóvenes, algunos de los cuales ya pensaban y sentían como hombres…

Pía se metió en su auto ajena a lo que pensaban sus alumnos, que a su vez lo eran también de Arturo, y dio la vuelta al auto con una pequeña maniobra en el mismo hueco que dejaba allí la calle.

Atravesó toda la ciudad llevando los libros en el asiento de al lado, junto al bolso. A aquella hora no había mucho sitio donde aparcar, así que empleó más de cinco minutos en meter su auto en un hueco, y dejando los libros en su interior, se lanzó hacia las escaleras que conducían al ambulatorio de la Seguridad Social.

Podía comprar el medicamento en cualquier parte, pero resultaba que no tenía la receta, y al pagar la Seguridad Social y su madre también, no tenía por qué llamar a un médico particular para lo que, seguramente, sería un resfriado, como así lo había confirmado el médico de cabecera llamado.

* * *

De todos modos, pensaba Pía atravesando el anchísimo vestíbulo del ambulatorio, bien podían ser más cuidadosos los médicos. La Seguridad Social distaba mucho de ser perfecta. Pía pensaba que tardaría aún en serlo. Eso de que un médico visitara a una enferma y no llevara consigo recetario le parecía demencial, pero en la Seguridad pasaban esas cosas y muchas otras peores.

Preguntó por el médico de guardia y no supieron decirle.

Se enfrentó a una enfermera que bajaba.

—Oiga, busco al médico de guardia.

—Lo encontrará allá abajo, en su despacho —dijo la enfermera y mostraba una puerta cerrada al fondo del vestíbulo.

Pía se encaminó hacia allí.

Tocó en la puerta y salió un médico enfundado en la bata blanca.

—Buenas —dijo Pía—. Vengo a buscar una receta que me ha dejado aquí el doctor Munguía.

—Yo acabo de entrar de guardia —dijo amable aquel joven médico—. Hace un instante se fue el que estaba aquí. Tiene visita en dos hospitales y además consulta particular. ¿Qué deseaba usted de él?

—Ya se lo he dicho, venía a buscar una receta.

—¿A nombre de quién? —y empezó a mirar en un libro—. Pase usted —le rogó amable.

—A nombre de María Villalba.

—Aguarde… Villalba, Villalba. Sí, aquí está. Pasada la receta. Yo se la buscaré por aquí.

Empezó a mirar un montón de recetas.

—Villalba —decía—, Villalba. No, no está. Las he mirado todas. Seguramente que se la llevó el médico cuya guardia acabo de coger yo ahora mismo. Es nuevo, ¿sabe? Procede del Canadá donde estuvo unos años… Es algo distraído. Si quiere le doy su dirección, aunque no creo que esté en su casa hasta la hora de consulta, pues como le digo ha tenido la suerte de trabajar mucho y con eso de que procede del extranjero, tiene enfermos de los hospitales y guardias en la Seguridad Social. Aquí estuvo hoy por casualidad, pues no es muy corriente que venga por el ambulatorio fuera de su hora…

—Deme su dirección.

El médico le dio una calle, un número y un piso.

—¿Por qué médico pregunto?

El joven galeno se quedó algo sorprendido.

Sonrió como disculpándose.

—Si he de serle sincero, ni lo sé. Ya le he dicho que no es frecuente verlo por aquí, salvo a las horas estrictas de consulta. La consulta creo que la tiene de nueve a once y después se marcha. No entiendo —añadió entre dientes— cómo estos señores que vienen nuevos pillan lo mejor. Los que hicimos el doctorado en cualquier parte de España, nos chupamos el dedo, y los que lo hicieron fuera, se hinchan a clientes. Cosas que pasan. Usted pase por su consulta a las cuatro y le dará, sin duda, la receta, a menos que la tenga aún el médico de cabecera.

—Él me dijo que la recogiera aquí.

—Pues se la ha llevado el otro médico. Lo siento.

—Lo que no acabo de entender es por qué no la dejó aquí donde están esas otras —y mostraba el montón de recetas sin despachar.

El joven se alzó de hombros dándole la razón.

—Le aseguro que yo tampoco entiendo eso. Pero lo cierto es que puede mirar usted misma y verá que la de María Villalba no está, lo cual significa dos cosas, que la tiene aún el médico de cabecera, y no la tiene puesto que está aquí anotada como despachada, o que se la llevó el médico que acaba de darme la guardia.

—Si dice usted que no hace guardia frecuentemente, no entiendo por qué estaba aquí esta mañana.

—Muy sencillo. Mi compañero se casó hoy mismo, y ese señor es su amigo. Hizo la guardia de él, ¿entiende ahora?

—Creo que sí.

—Mi consejo es que pase por su consulta en la dirección que le he dado, a las cuatro. Ahora no intente buscarlo en su casa porque no estará. Ya le digo que tiene enfermos en dos hospitales, que yo sepa, y pasará por la residencia donde también tiene enfermos.

Pía ya se cansó de tanta retórica y preguntó un si es no es descarada.

—¿Es que usted no tiene enfermos en hospitales?

—Yo no tengo tanta categoría.

—Ah.

Y se fue sin entenderlo.

Sacó el auto del hueco donde lo tenía metido y se fue a su casa directamente. Habían estrenado el piso hacía cosa de seis meses y el garaje lo tenían en el bajo e incluso había un ascensor interior para trasladarse a los pisos sin necesidad de salir al exterior. Eso fue lo que hizo Pía.

Dejó el auto en su lugar reservado, recogió los libros y el bolso y de bastante mal humor se fue por el elevador interior hacia el quinto piso, que era donde vivía con su madre y con su padre, cuando regresaba de sus viajes para las vacaciones de seis en seis meses.

Su padre era capitán de barco mercante y casi siempre navegaba por el extranjero tocando puertos españoles muy de tarde en tarde, y cuando eso ocurría, su madre viajaba a verle a Barcelona, a Valencia, a Bilbao, según donde tocara el buque. Pero no ocurría siempre, y por lo regular su padre no volvía a casa hasta seis meses después de haberse ido. Aunque su madre lo viera una vez o dos en aquellos seis meses por viajar al lugar donde el buque tocaba, ella, al menos, dada su profesión de profesora de Instituto, no podía desplazarse con su madre.

Primero por los estudios y después, cuando terminó, porque encontró plaza en seguida.

De lo cual se congratulaba, porque encontrar una plaza en tales tiempos, era como si alguien quisiera poner el dedo en una galaxia.

El elevador la dejaba en la misma cocina y Pía entró viendo a Maruja trabajando en la confección de la comida.

—Señorita Pía, cuánto ha tardado.

—Pues sí. Fui al ambulatorio y no encontré al médico que tenía la receta para mamá. ¿Cómo está?

—Yo creo que mucho mejor, pero no le dejé levantarse.

Pía dejó la pelliza en el vestíbulo y se encaminó por la casa, que no era nada pequeña, al cuarto de su madre.

Pía cruzó por un pasillo bastante ancho.

Se veía atrás el vestíbulo compartido con un enorme salón muy elegante. No es que ellos fueran capitalistas, pero su padre, como capitán de un petrolero, ganaba una barbaridad, casi una fortuna, y se lo mandaba todo a su mujer.

Pese a la separación sus padres eran felices y aún jóvenes, pues no creía que entre los dos hicieran los cien años. Su madre debía de tener cuarenta y pocos años y su padre aún no cincuenta y hacía más de seis que mandaba buques de tal capacidad, lo que significaba ser una personalidad en la materia.

Lanzó una mirada al salón. Sofás cómodos, sillones ídem, cuadros, objetos de valor… alfombras mullidas. Lámparas de pie y de mesa por las esquinas…

Pía suspiró.

El asunto de la receta de su madre la tenía malhumorada. Es más, estaba por llamar a un médico particular y dejarse de la Seguridad Social, que andaba tan mal.

Con este pensamiento y decidida a consultarlo con su madre, entró en el cuarto y fue a besar a la dama joven, linda y de terso rostro y cabellos rubios, que le sonreía amorosamente desde el lecho.

2

—Por la indumentaria que traes hace frío en la calle.

Pía arrastró una butaquita y se sentó a la cabecera de la cama.

—Por supuesto que lo hace. En las cumbres ha nevado y si no nieva aquí es por la proximidad del mar.

—¿Qué pasó con la receta?

Se lo contó.

—No entiendo la negligencia de algunos médicos. Ni me explico por qué el procedente del Canadá se llevó la receta a su consulta o a donde fuera. ¿No crees que sería mejor llamar a un médico particular?

—¿Y por qué si lo tenemos todo pagado?

—Pero no se puede estar así, digo yo. Ya podías tener un mal grave.

—Mira, Pía, razona. Si fuera grave el médico de cabecera volvía. Y me dijo que con tomar ese potingue que me recetó, bastaba. Que pasado mañana andaría por la casa como si tal cosa. Es cuestión de un trancazo algo más duro de lo habitual. No hay por qué desorbitar las cosas.

—De todos modos —dijo Pía molesta—, tengo que corregir la evaluación. Los chicos me andan pidiendo las notas y yo no sé aún cómo andan las cosas. Pensaba hacerlo esta tarde y si tengo que ir a ver a ese médico a su consulta a las cuatro, imagínate que tiene la consulta llena.

—Eso es lo que siento. Pero si no quieres ir tú, y por lo visto no puedes, manda a Maruja.

—Maruja —siseó Pía riendo— empezará a decirle que le duele aquí y allí y al final no sabrá explicarle a qué cosa ha ido allí.

—Pues ve en un rato libre. A las cuatro aún no te has sentado a corregir. No temas por la consulta llena. Son enfermos particulares, supongo, y esos no abundan, pues la Seguridad Social funciona para todos.

A las cuatro en punto Pía sacaba de nuevo el auto dispuesta a hacer el recorrido hasta la consulta de aquel médico cuyo nombre incluso ignoraba.

Podía hacer el camino a pie, pero vivía en un lugar donde azotaba demasiado el aire procedente del mar y el frío apretaba de lo lindo. Además tenía prisa.

No pensaba ir al Instituto a dar su clase nocturna. Una vez regresara con la receta y comprado el medicamento de camino, se dedicaría a corregir los exámenes de sus muchachos, pues era jueves, y el sábado tenía lugar la evaluación y debía poner notas para entonces.

No le gustaba suspender a nadie. Cuando ella estudiaba le sacaban de quicio las injusticias de algunos profesores y no pensaba caer en el mismo pecado. Estudió filosofía y terminó a los veintidós años. A la sazón contaba uno más, es decir veintitrés y pensaba preparar oposiciones para adquirir la clase en firme, aunque se imaginaba que una vez la clase en propiedad, tendría que irse a donde le correspondiera y tanto podía ser Jaén, como Cádiz, como Barcelona, lo cual no le agradaba en absoluto. No obstante haría aquellas oposiciones.

También podía casarse con su enamorado profesor de historia y formar una familia y quedarse así de PNN. Pero no entraba en sus cálculos tal cosa.

Ella no había olvidado a Quike. Cierto que lo dejó por su gusto. ¿Cuánto tiempo hacía de aquello? Tres años justos. Fue por aquel tiempo. Y lo curioso es que llevaba para entonces otros tres cortejando. Empezó a los diecisiete años, el primero que entró en la Universidad. No supo nunca a qué se debió su reacción, si a los muchos chicos que conoció en la Universidad o a que Quike ya no tenía para ella ninguna gracia. El caso es que llamó a Quike y un día, los dos sentados en una cafetería, le dijo que prefería cortar. Quike había terminado aquel año su carrera de médico y pensaba casarse tan pronto hiciera el doctorado.

Pensaba irse fuera y hacerlo a ser posible en el extranjero ya trabajando.

Nunca olvidaría la expresión asombrada de Quike cuando ella se lo dijo. Por lo visto Quike ya la consideraba como cosa suya... No lo había sido nunca. Su novia, sí, besos, caricias... Cosas así. Había que tener en cuenta que ella contaba diecisiete años y si bien Quike contaba veinticinco cuando empezaron y veintiocho cuando lo dejaron, Quike ya tenía casi hecho el doctorado en hospitales de la provincia y eso sólo por ella. Pues su primer pensamiento fue marcharse. Pero visto que sus relaciones iban por el buen camino, decidió que se quedaba en provincias, haría el rotatorio y se casarían, y de repente salió ella con aquella patochada...

Aparcó el auto dejando de pensar.

Por supuesto le pasó en seguida. Le escribió una carta a Quike al hospital y se la devolvieron. Fue a ver a los padres de él. Tenía confianza con Sabina y Enrique. Eran buenas gentes y al haber cortejado a su hijo durante tres años, lógico que entrara y saliera en casa de su novio como en la suya propia.

Pero según dijeron los padres, no les había dicho que ellos habían cortado. Según aseguraron un día les dijo que se iba cuando ya tenía la maleta hecha y andaban desolados porque no supieron más de él.

Quike no le hizo reproches.

Dijo que bueno, que sí, que estaba bien. Que cuando un amor se moría, lo mejor era cortar e ir cada uno por su lado. Eso fue todo el comentario que hizo. Ella nunca supo si le dolió mucho o poco. El caso es que debió dolerle como luego le dolió a ella haberlo hecho.

Su madre siempre lo decía.

—Dejaste pasar la felicidad por tu puerta y ahora no encuentras árbol donde arrimarte.

Era verdad.

A fuerza de vivir solas, ella tenía mucha confianza con su madre.

Se lo contaba todo.

Por eso después le contó que seguía enamorada de Quike, que había sido una estupidez dejarlo, que no era capaz de apartarlo de su mente.

Fue la madre la que le aconsejó que fuese a ver a los padres de Quike. Realmente Quike también entraba en su casa, como ella en la suya.

Fue cuando se enteró por los padres que no sabían absolutamente nada de su ruptura.

Eso le causó mucho más asombro aún porque lo lógico era que Quike les contara lo ocurrido. Pero Quike era así. Aunque siendo su novio desde luego no era así ni asá, era un hombre como t[odos l]os demás.

[E]ntró en el portal.

[Era] una casa nueva y moderna.

[Con] plantas en el vestíbulo, bancos de rústico y tenía mármoles cremosos como sin...

[Le] preguntó al portero.

[Le] habían dado número, piso y puerta, y lo [lleva]ba anotado todo en un papel.

Se perdió en el ascensor. Iba vestida como a la mañana. Y llevaba el bolso marrón colgado al hombro. La melena suelta, cayéndole un poco por la mejilla.

La sopló, gesto en ella característico cuando le molestaba, y al detenerse el ascensor se detuvo en el rellano a mirar.

No había letrero en ninguna de las tres puertas que tenía delante.

Si era nuevo en la ciudad como decía aquel médico de guardia del ambulatorio, no le daría aún tiempo a poner su placa.

Se alzó de hombros.

El caso es que le diesen la receta en seguida.

Pulsó el timbre y aguardó.

No había ni un ruido por allí, ni procedente de dentro ni de fuera.

¿Y si el medicucho no estaba? Pues no esperaría más. De paso para su casa se detendría en cualquier consulta y citaría a un médico pa~~~~~~do finalizara aquélla. Pagaba la consulta y ~~~~A ella el asunto de la Seguridad Social le ~~~~de quicio.

Oyó pasos lejanos y en seguida se abr~~~~puerta apareciendo una señora mayor de pelo~~~~no, vestida de negro y con un cuello blanco.

—¿Qué desea?

—Busco al doctor.

—La consulta no se abre hasta las cuatro y media —miró su propio reloj de pulsera—. Son las cuatro y cinco.

—No puedo esperar.

La mujer dudó.

—¿Es particular?

Pía pensó qué responderle.

* * *

Si le decía que era de la Seguridad, la despediría de inmediato, seguro. Si le decía la verdad, también la despediría.

Así que se atrevió a decir:

—En realidad sólo vengo a buscar una receta que me tiene el doctor.

—Pase aquí —dijo la mujer.

La llevó hacía una salita de recibo impersonal. Sillas pegadas a las paredes. Una mesa en medio llena de revistas, un cenicero y un balcón al fondo.

La mujer comentó:

—El caso es que yo estaba en el piso de al lado.

Aquello a Pía le tenía sin cuidado.

Pero la mujer añadió, de modo que Pía comprendió lo que quería decir.

—Es que aquí es la consulta, pero el hogar del doctor está en el piso de al lado. Sin embargo, como hay una puerta interior que comunica los dos pisos, yo que estaba recogiendo la cocina, sentí el timbre y vine por la puerta de comunicación.

Era una mujer parlanchina y Pía aprovechó esperando sacar el mayor partido posible de la buena voluntad de la mujer.

—El doctor supongo que estará en casa.

—Estudiando en su despacho, sí.

—Seguramente que si le pide usted la receta que yo vengo a buscar… se la dará.

La mujer dudó.

—No crea que es fácil entrar en su despacho cuando está estudiando. Él es puntual en todo y a las cuatro y media estará en su consultorio ya con la bata puesta recibiendo al primer cliente.

—¿Vive aquí… solo?

—Conmigo, pero yo vengo a las ocho y marcho a las nueve de la tarde.

—Ah…

—No obstante en esta ciudad viven sus padres. Primer asombro de Pía.

—Ah. Pero ¿es de aquí?

—Claro.

—Si pensé que era extranjero.

—Bueno, es que estuvo tres años en el Canadá.

—Ya… ya…

Y terca pensó que iba a convencer a la mujer para que fuera a buscarle la receta, pues ella ninguna gana tenía de volver a ver a un médico.

No es que tuviera mal recuerdo de ellos. Había amado a uno y lo amaba aún pese a la distancia. Pero el recuerdo era ingrato para sí misma por haber roto con uno al que quería y de cuyo cariño no tuvo mucha idea hasta perderlo.

—Yo creo —insistió— que si usted le pide permiso para entrar en su despacho y le solicita la receta de María Villalba… Es que la trajo del ambulatorio esta mañana, ¿sabe? Se lo dejó el médico de cabecera de mi madre.

La mujer dudó.

—Es que no me atrevo.

—Me haría un favor. Soy profesora de Instituto, tengo mucho que hacer.

—¿Tan joven y ya profesora?

Pía se impacientó. Pero dijo amable:

—Pues sí.

—Nadie lo diría al verla. Parece tan joven…

—No soy ninguna vieja —sonrió todo lo amable que pudo, pero con ganas de acabar cuanto antes aquel asunto—. ¿No me haría ese favor?

—Iré a ver si me atrevo.

Se fue.

La vio perderse por un pasillo y empujar la puerta.

Regresó en seguida, pero sin la receta.

—¿No la tiene? —se agitó Pía.

—No lo sé. Pero me dijo que venía él. Pase por aquí… —y mientras la conducía al consultorio iba diciendo—: Es raro en él, que no es fácil ni de entender ni de convencer, que se apreste a recibirla antes de la hora de consulta. Es como un cronómetro.

—¿Sí?

—Sí. Pero cuando le pedí la receta, se dio cuenta en seguida y dijo que venía él ahora mismo a entregársela.

—Muy amable.

—Puedo asegurarle que sí. Que lo fue. No es habitual en él tanta amabilidad.

Pía ya estaba en el consultorio que era a la par que eso, un despacho en una sola pieza.

Para un lado estaba el consultorio con todos los aparatos médicos más modernos amén de una mesa en medio cubierta con un paño blanco y al otro lado un amplio despacho con mesa, tres sofás y muchos libros por las paredes, en largas estanterías que llegaban al techo.

—Siéntese ahí —le dijo la mujer—. Él viene en seguida.

—Gracias por todo.

La mujer se fue sonriendo.

3

Sobre la mesa había todos los utensilios de escribir. Un taco de recetas que pasó bajo los ojos de Pía sin que ésta sintiera curiosidad alguna por conocer el nombre del médico al que iba a visitar.

Seguramente que después de aquel día no iba a verlo jamás.

Ni siquiera sabía en qué estaba especializado.

Ni si era joven ni viejo.

Pero le causó cierta curiosidad lo que dijo la mujer vestida de negro. Era de la ciudad y sus padres vivían en ella y, sin embargo, él vivía solo.

No era habitual una cosa así.

Claro que a lo mejor tenía una caterva de hermanos y prefería el aislamiento.

Sin embargo, se lo imaginó con muchos humos por haber regresado del extranjero como había dicho aquel médico que estaba de guardia por la mañana en el ambulatorio.

¿Tendría clientes?

Oyó el timbre de la puerta y los pasos de la mujer.

Habló un rato en la misma puerta y después Pía sintió que se abría y se cerraba la puerta del recibidor lo cual le indicó que ya había allí algún cliente.

Empezó a impacientarse.

No es que mediara mucho tiempo desde que entró allí hasta aquel instante, pero si le mandó a la mujer introducirla en su despacho consultorio, lo lógico era que ya hubiese aparecido.

Oyó pasos recios y en seguida se fue levantando como impelida por un resorte.

Tenía a Quike delante. Quike Melero, ni más ni menos.

—Hola —saludó él brevemente.

—¿Tú?

—Ya ves.

—Pero…

—¿Es que no sabías que era yo?

—No —dijo Pía atragantada—. Claro que no. De haber sabido que eres tú, te hubiera buscado antes.

—Yo sí sabía que María Villalba era tu madre, por eso cuando me dieron la receta por la mañana, la guardé para entregarla personalmente. Estuve esperando a que viniera alguien a recogerla… y hube de salir.

A todo esto, le daba la mano a Pía y se la apretaba con fuerte apretón, pero nada más.

—Estoy de profesora en un Instituto —dijo Pía aún sin salir de su asombro—, y mamá en cama. De modo que sólo podía ir al ambulatorio después de dejar mi clase y fue la última esta mañana.

—No sabía que trabajases...

—Estoy ahí de PNN. Preparo oposiciones.

—De modo que has terminado la carrera.

—Claro. Nunca perdí un año. ¿Y qué fue de ti? En tres años no supe nada de ti.

—Me fui al Canadá a raíz de cortar... Ya sé que has ido a ver a mis padres varias veces.

Pía enrojeció un poco.

—Entonces también sabrás lo que les dije.

—Sí, por supuesto...

Y como ella le miraba sin parpadear, Quike mostró el sillón.

—¿No te sientas un rato? —lanzó una mirada al reloj—. Aún es pronto para empezar la consulta...

Pía, algo anonadada, miró en torno.

—De modo que a raíz de aquello te fuiste al Canadá, trabajaste allí durante tres años, regresaste, te estableciste, lograste entrar en la Seguridad Social y vives lejos de tus padres...

—Hice todo eso, sí —rió entre dientes—. En realidad no me gusta fastidiar a nadie. Montar la consulta en la casa de mis padres, no sería normal, puesto que allí tiene papá el bufete de abogado. Por otra parte, a fuerza de vivir en el extranjero, uno se habitúa a muchas cosas que aquí no son tan corrientes. En cuanto a mis padres, cuando les expuse mi intención de establecerme y vivir solo, nada me han dicho en contra.

—Ya comprendo —murmuró algo cohibida, pues ver de nuevo a Quike después de tres años le emocionaba desde el fondo de su ser—. ¿En qué te has especializado? Ni siquiera lo sé. Es decir, que venía a recoger la receta, pero no se me ocurrió pensar que fueras tú el que la tuviera.

—Ya te digo que la recogí de entre todas por ser tuya. Por otra parte vuestro médico de cabecera me advirtió al dármela que vendrías a recogerla. Estuve esperando...

—Lo entiendo.

—Me especialicé en urología. Los riñones para mí no tienen secretos.

—Ya.

—De modo que has ido a ver a mis padres para decirles que te habías dado cuenta de tu equivocación...

Pía volvió a enrojecer. Durante tres años fue su novia y tuvo con él la máxima confianza, pero después de otros tres, al verlo de nuevo, se sentía como un poco cortada. No obstante sacudió la cabeza intentando recuperarse de la sorpresa.

—Por supuesto que fui.

—¿Era verdad?

—¿Verdad qué?

—Lo de que al desaparecer yo te dabas cuenta de que me seguías queriendo.

—Pues… sí —dijo Pía después de una duda—. Sí, era verdad.

—¿Era? De eso hace tiempo. Mis padres no me lo pudieron decir hasta que regresé aquí… pues yo nunca dije dónde estaba.

—¿Cuándo has llegado?

—Hace tres meses justos. El tiempo que me dio de establecerme, de buscar contactos y de encontrar lo que pretendía. Me refiero a la Seguridad Social y todo eso. Con mis expedientes como médico procedente del extranjero conseguí pronto lo que quería.

—Es decir, que hace tres meses que te hablaron tus padres y no trataste de buscarme.

Por toda respuesta, Quike sacó cajetilla y encendedor.

—¿Quieres? —preguntó.

Pía necesitaba echar lumbre.

Y se conformaba con echar humo. Necesitaba sin duda un cigarrillo. Se daba cuenta de que el Quike que se fue tres años antes y el que tenía delante no eran iguales. Había una perenne sonrisa en la boca masculina, pero más que sonrisa había una mueca. En sus ojos una mirada atenta y cordial, pero diferente. No obstante era el mismo hombre y ella sintió que amaba a Quike como pensó que le amaba nada más desaparecer él.

—Sí que fui a buscarte —dijo fumando y mirándola con los párpados un poco entornados—, pero no vivías allí y nadie me dio cuenta de dónde vivías.

—Es cierto. Nos cambiamos hace cosa de seis meses. Papá decidió comprar un piso al final del muro y allí vivimos. En el número ciento y pico. Pero en una ciudad de apenas trescientos mil habitantes…

—La verdad es que estuve muy ocupado instalándome, ya te dije, y buscando contactos… Mi padre me ayudó y he logrado plaza en varios sitios hospitalarios de la Seguridad Social. La consulta sólo la tengo aquí de cuatro y media a seis y media. Trabajo mucho y dispongo de poco tiempo, pues cuando cierro la consulta, doy una vuelta por los hospitales de la Seguridad a visitar a mis enfermos.

Hubo un silencio.

—Dispongo de diez minutos. Oye… ¿quieres que nos veamos a las ocho en el club?

Pía pensó en los exámenes que tenía que corregir y en la clase nocturna.

Pero aun así dijo:

—De acuerdo, y de paso hablamos de nosotros dos.

—Eso me parece bien. Sin duda me gustaría saber si piensas igual que cuando fuiste a ver a mis padres.

Pía no dudó en la respuesta.

—Desde luego.

—¿Quieres decir que me quieres?

—Que me di cuenta cuando te dije que era mejor dejarlo y tú te fuiste sin más, que te seguía queriendo.

Él se levantó y se acercó a ella sin prisas.

Se diría que lo hacía todo medido y sopesado, pero Pía no pensó en eso.

Quike siempre fue claro y preciso, estaba profundamente enamorado de ella y si decía que podían reanudar las relaciones amorosas, no tenía objeción que oponer.

Cuidadoso le alzó el mentón y lo alzó hacia su cara.

Sonrió.

Tenía una sonrisa como si fuera una mueca.

¿Dura?

¿Amable?

¿Distinta?

Algo distinto, sí, pensó Pía, pero era lógico después de no verse en tres años.

—De modo —dijo sin soltarle el mentón—
que no has tenido novios.

—¿En estos tres años? No. Claro que no.

—No te ha besado ningún otro chico.

—Desde luego que no.

—Oh… Es de considerar.

Y le tomó la boca en la suya.

Pía se estremeció de pies a cabeza.

Era Quike, el mismo de siempre. La había besado una y mil veces durante tres años, pero…
aquel beso que estaba recibiendo era diferente.
Sí. Más… maduro, más profundo, más… ¿sexual?
Ella sintió como si la emoción la embargara y los
sentidos se pusieran de punta.

Nunca sintió aquello con Quike antes, cuando era su novia.

Pensó que tal vez se debía a que ni ella ni Quike eran personas del todo. Quike no tuvo más novia que ella y ella no tuvo más novio que Quike, lo
que significaba que los dos habían aprendido uno
con el otro. Pero Quike había ido y había vivido tres
años fuera, lo que indicaba que no iba a estar, como
estuvo ella, viviendo en la abstinencia. Un hombre es
diferente en cosas amorosas y sexuales.

Lo que pensaba Quike no se sabía. La besaba
en la boca largamente, con pecado y hasta con un
vicio asomando al dibujo de sus labios adheridos
a los de la joven. Tanto es así que Pía, deslizó una

38

mano entre el pecho de los dos y lo separó con suavidad.

—Basta, Quike —dijo.

—Sí.

Pero sus dedos se habían posado en el hombro femenino y resbalaban hacia un seno.

Pía se agitó.

Dio un paso atrás.

—Quike… nos veremos a las ocho en el club… —dijo temblorosa.

Quike, silencioso, como algo morboso, le había asido el seno y se lo acariciaba, pero Pía dio otro paso atrás sintiendo que estaba estremecida de pies a cabeza bajo el contacto de los dedos masculinos.

—Perdona —dijo él retirando los dedos.

Pía respiró mejor.

—Entonces nos veremos en el club a las ocho, ¿no?

—Sí.

—Hablaremos…

—De acuerdo.

—Te marchas sin la receta —dijo riendo.

Era otra risa.

La risa franca y abierta de Quike, no.

Pero, claro, había que tener en cuenta aquellos tres años sin verse. Uno, a la edad de Quike y con su mundo cambia, aunque no quiera.

Ella, sin embargo, seguía siendo la misma, únicamente con la carrera terminada y trabajando.

—Me parece que tengo yo aquí ese medicamento —dijo él de súbito lanzando una mirada sobre la receta. Se acercó seguidamente a un estante lleno de frasquitos y busco uno—. Es un antibiótico para la gripe, por la boca, cápsulas —lo leyó por fuera y le dio dos vueltas en los dedos, después miró la receta—. Sí, iba a decirte cuántas tiene que tomar tu madre, pero ya lo pone en el dorso de la receta. Cuatro al día. Dáselas con zumo de limón y de naranja. Le viene bien la vitamina C.

Le entregó todo y después le pasó un brazo por los hombros.

—No te retrases —le dijo—. Yo siempre soy puntual, aunque un médico en consulta nunca lo puede ser demasiado. No obstante procuraré estar allí a las ocho en punto.

Ya se hallaban ambos en la puerta y Pía sintió la sensación de que el Quike que ella conoció y el que estaba a su lado en aquel instante eran dos personas distintas, mas, fuesen distintas o no, ella amaba a Quike.

Lo había echado de menos durante tres años y el encontrarlo de nuevo producía en ella una honda emoción.

Quike volvió a besarla en la boca largamente, de aquella manera, y la dejó marcharse.

4

Le faltaba un poco la respiración refiriéndoselo a su madre.

María miraba a su hija ilusionada.

—Bueno, pues entonces ya te veo casándote en dos días —decía la madre—. Quike establecido, tú trabajando. Estoy viendo tus oposiciones en el aire.

Pía tenía las dos manos juntas metidas bajo la barbilla.

Se sentía tan feliz e ilusionada como su madre diciendo aquellas cosas.

—¿Cómo lo has encontrado, Pía?

—Distinto, desde luego. Pero no sé decir en qué. Es más hombre… más maduro… Mamá, que cuando se fue tenía veintiocho años y no había tenido más novia que yo y ahora tiene treinta y uno y habrá vivido lo suyo por esos mundos.

—¿Físicamente?

—Es él, qué duda cabe —aceptó Pía—, pero... no sé cómo decirte. Está más serio, más hermético. Antes Quike reía por todo. Era un tipo alegre. Ahora parece más grave.

—Los médicos —murmuró la dama— siempre tienen un continente de distancia... pero en el fondo son como los demás mortales. Un abogado es más afable. Un médico parece siempre que le deben y no le pagan. Es innato en ellos. No dan demasiadas confianzas, pero tratándose de ti...

—No, si tampoco es eso. No sé —sacudió la cabeza—. El caso es que ha vuelto y que empezamos de nuevo a ser novios. Lo aclararemos esta tarde.

—No irás al club vestida así, ¿verdad?

Pía se miró riendo.

—No, qué disparate. Además, aún si fuera por la mañana, pero por la tarde no haría buen papel así. Ahora voy a dejarte, mamá. Tengo que corregir los exámenes.

—No te precipites y apruebes a todos o los suspendas a todos.

—Eso no, mira. He visto tantas injusticias en la Universidad, que me hice extremadamente humana para analizar los exámenes de mis chicos. Tengo además el afecto de todos y no quisiera perderlo. Si alguno hace exámenes pésimos, yo le hago una recuperación… Me duele cada suspenso que pongo.

—Tampoco seas benévola con exceso. Tanto peca lo mucho como lo poco.

Se fue riendo.

Trabajó hasta las seis y media sin parar.

Casi había corregido todos los exámenes. Cuando fue a ver cómo seguía su madre, y vio que estaba mucho mejor, le contó lo que ella había hecho en aquellas horas.

—Mis chicos son como soles, mamá, tengo tan pocos fallos y tan debiluchos que salvo dos casos perdidos y que no son educados ni respetuosos en clase ni inteligentes, además, los otros todos están aprobados. No sé si es que les explico tanto las lecciones y si hacemos controles con mucha frecuencia, casi de lección a lección, el caso es que tengo buenos alumnos y que voy a suspender a muy pocos. Hay unos cuantos que merecen un sobresaliente por sus estupendos comentarios de texto. Me parece que tengo en mi clase a algún futuro intelectual.

—Lo cual te llena de satisfacción.

—Pues sí. Ahora me voy a dar una ducha y me visto. ¿Qué hora es? —Miró el reloj—. Es pronto. Las siete, tengo tiempo. Estaré un rato más contigo.

—Te noto sobresaltada. Pía. Tú siempre tan tranquilona…

—¿Te asombra?

La madre se hallaba recostada entre almohadones y contemplaba a su hija con amorosa expresión.

—La verdad es que ya empezabas a preocuparme.

—¿Por qué, mamá?

—En esta época una chica de veintitrés años, ya está casada o con novio para casarse, y tú no acabas de encontrar árbol donde arrimarte, pues ese profesor de historia no te gusta…

—No, no —dijo Pía saltando casi en la silla—. Si vamos a mirar, Arturo es mucho más guapo que Quike, pero yo me habitué a Quike y cuando le despedí en seguida me di cuenta de que había cometido un disparate. Recuerda cómo se puso papá cuando se enteró. Me llamó infantil y una serie de lindezas más. Él apreciaba a Quike y se había hecho a la idea de que ya tenía yerno.

—Realmente a los dos nos pareció fatal tu determinación. Además estabas cerrada cómo esto —y mostró el puño—. No había forma de hacerte razonar. Por supuesto si le has dicho a Quike lo mismo que nos decías a nosotros, a tu novio no debió de parecerle nada bien.

—Lo olvidó, mamá. Son cosas que pasan…

—Cuando hay amor por medio, claro que sí. Y cuando el amor supera al amor propio.

—Quike tiene amor, no amor propio, al menos para mi amor.

—Por supuesto, porque de no ser así, no volvería contigo.

—Lo discutiremos esta tarde.

—Ya veo que de esta tarde saldrá vuestra boda.

—Es posible.

—Ya ves, eso me dará pena, porque si él tiene casa y vive solo ya te estoy viendo vivir con tu marido y nosotros perderemos a la única hija que tenemos.

Pía se levantó y la besó en la cara por tres veces seguidas.

—O ganaréis un hijo, mamá. ¿Qué más da que no vivamos aquí con vosotros si estaremos cada dos por tres a tu lado?

—Anda, ve a vestirte que se te hace tarde.

Pía volvió a mirar el reloj.

—Sí, ya voy. Pero aún puedo estar contigo cinco minutos más. Después iré a la cocina y le diré a Maruja que se marche hasta que yo regrese. Procuraré regresar pronto.

—¿Subirá Quike?

—No sé, supongo que sí.

—Deja que Maruja se marche. No me va a pasar nada.

—De eso ni hablar, mamá. Maruja está planchando y tanto se le da irse una hora antes o después.

—Pero, mujer...

—Que no, mamá, que no.

Fue a la cocina y se lo dijo a Maruja.

—No se preocupe, señorita Pía. No me iré hasta que usted venga.

—¿Aunque venga a las diez?

—Aun así. Para cuando vuelva, ya le habré dado de comer a la señora. Usted márchese tranquila.

Maruja llevaba con ellas más de dos años y era una mujer servicial y honesta. No estaba contratada más que de nueve de la mañana a siete de la tarde, pero cuando tenía que quedarse se quedaba, y Pía sabía recompensárselo, y Maruja no ignoraba que nunca se olvidaban de recompensarle las horas extras que hacía.

Arreglado el asunto con Maruja, se fue a su cuarto. Era bonito y acogedor. Muy a su estilo, moderno y algo desenfadado.

Un conglomerado de objetos personales y nada de cama en medio y mesitas a los lados. Una tumbona, muchas estanterías, cuadros y lámparas de pie, amén de tocadiscos y una estantería con montones de discos de música moderna y clásica.

Libros de autores modernos y libros de clásicos.

Tenía el baño comunicado con la alcoba y allí se perdió desnudándose. Como tenía todas las puertas cerradas, andaba desnuda y descalza por el cuarto, buscando en el armario empotrado la ropa para ponerse.

A todo esto había ido al baño y soltado los grifos de la bañera. Andaba contenta. Feliz. De nuevo era como si no hubiera cortado nunca con Quike.

Nunca pensó que a ella le ocurriera una cosa así… Volver a toparse con Quike y como si no pasara nada entre los dos.

Sonrió feliz.

Colgó la ropa en el armario y se deslizó en la bañera que ya estaba casi hasta arriba de agua perfumada.

* * *

Apareció en el club a las ocho menos cuarto y eso que había dejado el auto en el garaje de su casa y había pillado el «bus» con el fin de que luego no se vieran ambos uno con cada auto. Además, seguramente que Quike deseaba subir a casa de su madre a verla, y no se imaginaba a Quike instalado tan elegantemente y sin auto propio.

Vestía un modelo de fina lana de un tono beige bastante claro y un abrigo de piel encima. No calzaba botas pues tenía la costumbre, cuando se vestía de mujer, calzar zapatos bastante altos ya que su estatura no era precisamente de gigante, pues no pasaría del uno sesenta. Delgada y esbelta, saludó aquí y allí.

Había bastante gente en el club. Allí se reunía la élite de la ciudad y si bien ella después de dejar a Quike, contadas veces había ido, algún domingo iba con sus amigos y amigas a la salida de misa a tomar el vermut.

Vio un grupo de chicos de su clase y los saludó con una sonrisa.

Uno de ellos, más atrevido que los otros, se le acercó.

—Señorita profe, ¿qué tal lo hice?

—Breve y conciso. Sabes más y puedes hacer mucho más.

—Pero ¿qué me ha puesto?

—Te lo diré mañana en clase. Voy a cantaros las notas a todos —y riendo le puso una mano en el hombro—. No eres nada tonto, Berna, pero apuesto que si vinieras menos por el club y estudiases un poco más, tendrías un nueve.

—No estudio para eso —le siseó el joven guiñándole ojo—. Me conformo con un cinco.

—El que eso hace ya sabe lo que le espera, que puede convertirse en un cuatro y medio.

Le dio una palmada en la cara y se fue buscando a Quike.

Saludó en varias direcciones, y de igual modo le respondieron.

Lanzó una mirada al reloj.

Eran las ocho menos cinco.

En aquella sala no estaba Quike, así que se fue al bar y miró en todas direcciones. Tampoco Quike estaba allí.

A ella misma le parecía imposible que estuviera buscando a Quike en el mismo sitio donde tantas veces lo buscó desde los diecisiete años a los veinte.

Todo volvía a su ser.

En realidad ella no tuvo más novio que Quike, y tal vez si probara a tener otro y no se aferrara a que amaba a su ex novio, pudiera haberse enamorado de otro.

Nada más dejar a Quike, es decir, a los tres meses de andar entre compañeros de Universidad, y verse sola sin novio y piropeada por otros, se percató de que lo que añoraba era a Quike y nada más que a Quike.

—Hola —sintió a su espalda.

Se volvió con rapidez.

Allí tenía a Quike, con su pelo negro, sus ojos amarronados y su media sonrisa tan interesantona.

Vestía de oscuro, traje, camisa a rayitas y corbata, y sobre todo ello, un gabán azul oscuro muy tipo sport.

Llevaba como siempre, el cabello hacia atrás, mojado aún como si viniera de darse una ducha.

—He tenido más trabajo del habitual. La gente, con este tiempo, es aquejada de catarros, y cosas parecidas, y no se dan cuenta de que yo soy urólogo. Después fui a dos hospitales —la asía del brazo—. ¿Nos quedamos aquí o damos una vuelta en mi auto?

—Como gustes.

—Yo prefiero salir. Mira en torno. O son todos muy viejos o están naciendo, como quien dice. Esto ya no es el lugar que nosotros buscábamos en nuestro primer amor.

—La verdad es que yo vengo poquísimas veces. Salvo un domingo. Bueno, tampoco tengo mucho tiempo.

La empujaba blandamente hacia el exterior.

—No llueve, pero hace un frío del demonio —le refirió él—. Tengo el auto ahí fuera.

Cruzaron juntos la acera.

Quike no era muy alto, pero sí bastante más que ella, pues le llevaba por lo menos la cabeza. Le había pasado un brazo por los hombros y la conducía hacia la acera de enfrente donde tenía aparcado un ciento treinta dos blanco.

—Si quieres —le dijo con naturalidad subiendo ambos al auto— te invito a una copa en mi casa.

—¿En qué casa?

—En la mía, naturalmente.

Pía lo miró asombrada. Él arrancaba el auto con la misma sencillez que había dicho lo que antecede.

Pía no era ninguna mojigata. Tenía una carrera universitaria, había convivido durante cinco años con universitarios de todo tipo y nacionalidad, pero había cosas que a ella aún no le habían entrado en la cabeza, tal vez debido a la educación recibida, que nunca fue demasiado liberal. No era una estrecha, por supuesto, pero era una muchacha honesta, de buenas costumbres, y entrar sola en la casa de un hombre aunque fuera su novio, no lo veía del todo claro.

Quike no parecía enterarse de que ella estaba vuelta hacia él mirándolo dubitativa.

Había puesto el auto en marcha y salían de aquella zona, yéndose hacia el mismo centro de la ciudad donde estaba ubicado el piso y el consultorio.

—Así —añadía Quike con la misma naturalidad de antes— podremos hablar tranquilos.

—¿Está… tu asistenta?

Él la miró desconcertado.

5

—Supongo que si está, estará a punto de irse —dijo—. La dejé limpiando el consultorio. Luego me hace la comida y me la deja en el horno.

Pía se revolvió inquieta.

No sabía cómo explicarse lo que le ocurría. El caso era que tres años antes Quike nunca le pidió verse solos en un lugar solitario, claro que entonces no poseía un piso y un consultorio. Pero Quike sí que sabía lo que ella pensaba referente a ciertas cosas que, aunque no revistieran importancia en la época actual, para ella seguían teniendo vigencia como si viviera cinco años antes.

Era una muchacha moderna, liberada de muchas cosas, pero… con los prejuicios dentro porque los mamó y los recibió durante toda su educación.

Es más, durante sus estudios como universitaria, muchas veces sus compañeras la invitaban a ir al piso de tales o cuales chicos: «Tenemos un guateque». O: «Vamos a estudiar todos juntos» o cualquier otra cosa así. Pues nunca fue. No censuró a las que iban, eso en modo alguno, pero ella no fue.

En aquel momento se sentía un poco como universitaria aún y eso que Quike era de nuevo su novio.

—¿No podemos hablar en cualquier cafetería? —preguntó nerviosa.

Quike lanzó una risotada.

—Pero, Pía, ¿qué prejuicios tienes contra mi casa?

—Ninguno, pero.., ya sabes cómo soy.

—¡Cielos, sí que lo sé! Pero no me digas que en tres años te estacionaste. Tú no sabes lo que es vivir por esos mundos.

—Es que vivo en éstos —adujo más nerviosa aún.

Y se daba cuenta de que Quike se estaba riendo de ella y sus prejuicios.

También le dio rabia que ocurriera así.

Pero de todos modos no dio su brazo a torcer, aunque tampoco le impuso a la fuerza su forma de pensar.

Se salió diciendo apresurada:

—Podíamos ir a ver a mi madre.

Él la miró de nuevo frenando el auto ante el portal de su casa.

—¿Ahora? ¿No tenemos muchas cosas de que hablar sin ir a ver a tu madre precisamente hoy? En ese caso también podíamos ir a ver a mis padres, y hace una semana que no paso por su casa.

Pía se revolvió inquieta.

Era otro Quike.

Se lo habían cambiado.

O la vida lo había vuelto del revés.

Tres años antes Quike no vivía sin sus padres, los tenía presentes para todo. Era un amante hijo y no se le ocurría vivir sin ellos.

Los padres no tenían más hijo que él y Pía se preguntaba qué dirían los padres de la forma de vivir del hijo.

—No entiendo cómo viviendo en la misma ciudad, puedes estar una semana sin verlos. A ellos les dolerá —comentó, con el fin de que él se olvidara de subir a su casa.

Quike no parecía demasiado interesado en nada en concreto. Cruzó los brazos en el volante y ladeó un poco la cabeza para mirar a la joven.

—Después de estar tres años viviendo lejos y sin saber nada de nadie, excepto de mí mismo, comprenderás que una semana significa poco.

—El caso es que tus padres piensen igual.

—No les he preguntado.

—Pero, Quike…

—¿Sí?

—No sé qué pensar. ¿No te reprochan ellos tu retraimiento?

—No. La verdad es que nunca sacamos a colación ni siquiera los tres años que estuve ausente. Entiendo que cada uno tiene su propia vida y que debe ventilársela como puede. Cuando se llega a una cierta edad, los padres significan poco en la vida de los hijos, aunque no por eso se les aprecie y se les quiera menos, pero su modo de pensar ya no coincide casi nunca con el del hijo. Ya sabes, cuestión generacional.

—Yo no tengo diferencias con mi madre. Sigo hablando de todo con ella como si contara diez años.

—Eso ocurre aquí, que estáis cargados de prejuicios y complejos, pero cuando sales fuera y te tienes que ventilar como puedes y ves en torno a ti montones de cosas que ni soñando sospechaste que existían, te vas dando cuenta de que ni has vivido ni has comprendido a tus semejantes.

—Lo dices por la forma de vivir que tienen en el Canadá.

—Y en cualquier parte que no sea España. Aquí ahora esto parece abrirse un poco y se van aceptando cosas que antes ni pensabas en ellas como posibles. Claro que lo que en América se adelantó en veinte años, los españoles quieren avanzarlo en cinco, y eso es lo que causa traumas y sinsabores. Pero, créeme, todo está dentro de lo más natural en la vida humana.

Pía respiró un poco mejor porque él no parecía dispuesto a invitarla de nuevo a su casa, que era lo que ella no quería. Ir a su piso los dos solos.

Quike le asió el mentón y se lo alzó hasta él.

—¿Vas comprendiendo, Pía?

Y sin más la besó en la boca largamente.

Pía se estremeció como aquella tarde. Notó que Quike besaba de otra manera. Era como si al besarla le arrancara la vida y todo su ser.

Sus pulsos palpitaron y sus sienes parecía que iban a estallarle.

Como aquella tarde, le metió una mano entre el pecho de los dos y lo apartó.

—Basta, Quike.

Él le rió en la boca. Y volvió a tomarla en la suya mientras sus manos la cerraban por el busto, deslizando sus manos por debajo del abrigo.

Pía se agitó.

Realmente este novio Quike era mucho más audaz que el primer novio que había tenido. Y con ser el mismo parecían dos personas diferentes.

* * *

No insistió, de nuevo, en subir al piso.

Pero sí hablaron y cuando la dejó en el portal de su casa, Pía se dio cuenta de que la conversación

56

había sido tan genérica que apenas si rozaron un tema concreto.

Iba inquieta y excitada.

Quike había logrado sacarla de sus casillas, lo cual no había logrado jamás antes.

La había besado y tocado y se había reído cuando ella lo apartaba, de forma que consiguió que ella terminara por aceptar con naturalidad aquel estado de cosas, e incluso alzar los brazos para rodear el cuello.

Reflexionando ahora sobre ello, se ponía roja como la grana dentro del ascensor.

Nunca le dio ella a Quike tanta confianza.

Y tampoco ahora se la daba, pero Quike se la tomaba por su cuenta y riesgo y la envolvía a ella en su mismo deseo.

Que Quike la quería era un hecho. No hacía falta hablar de ello pero, pensaba, también podía ocurrir que para Quike, habituado a vivir en el extranjero, ya no fuera aquella novia del alma, sino una mujer joven y bonita a la que gustaba tocar y besar.

Desechó en seguida este supuesto y cuando entró en la casa y se despojó del abrigo, antes de ir al cuarto de su madre, se fue al suyo.

Necesitaba mirarse en el espejo.

Ver las huellas que aquella pasión de Quike compartida por ella (había que decirlo todo) había dejado en su cara.

No, no había huellas. Salvo que no tenía car-
mín en los labios. Se pintó un poco la boca pasando el dedo meñique por los labios para des-
pojar el espesor y que su madre no se diera cuenta
de que acababa de pintarse.

«Estoy algo pálida —pensó—, y me tiemblan
un poco las piernas. Ni en tres años me besó tanto Quike como esta noche.»

Sacudió la cabeza.

Había que disculparlo en cierto modo.

Sin duda aquellos tres años enseñaron a Quike
a vivir de otra manera.

Y de aquella manera, por lo visto, tendría que
vivir ella con Quike en el futuro.

Se estremeció.

Menos mal que se casarían pronto.

Aunque pensándolo bien, Quike no había dicho palabra de un próximo enlace, ni siquiera de
las relaciones que reanudaban.

¿De qué habían hablado en realidad?

Ya ni se acordaba.

De mil cosas muy inconcretas. De cómo había vivido él en el Canadá, de cómo vivió ella en
aquella ciudad, de política, de literatura… de me-
dicina, de inventos y cosas parecidas.

¿De ellos?

Pues no.

—Pía, ¿estás ahí?

—Sí, mamá.

Y se encaminó al cuarto de su madre.

La encontró recostada entre almohadones con muy buen aspecto. Maruja entraba en la alcoba en aquel instante, con la pastilla.

—Oh, ya está usted aquí, señorita Pía…

—Sí, Maruja. Dame, que yo le daré la gragea a mamá. Tú puedes irte.

—Pues entonces, hasta mañana.

Y se alejó a paso ligero.

Pía se acercó al lecho y le dio el vaso de agua y el platillo con la gragea.

—¿Cómo no ha venido Quike a verme, Pía?

La joven no supo qué decir.

Recogió el vaso y el plato vacío y lo llevó a la cocina regresando en seguida.

—Estás muy guapa —le dijo la madre con ternura—. Te lo diría Quike, ¿no?

Pues no. No le había dicho absolutamente nada de su belleza.

Pero la había besado como un hambriento y la había tocado con dedos… ¿pecadores?

Sí, sí.

Un poco, sí.

—Pía… ¿no estás algo pensativa?

—Es posible, mamá.

—¿Qué ocurre?

59

Arrastró una butaca y se sentó en ella sin cambiarse de ropa.

—No lo sé, mamá. No tengo ni idea.

—¿Cómo que no tienes ni idea? ¿Es referente a Quike?

—En cierto modo, pero tampoco es seguro que mi desconcierto parta de él. No sé, ¿sabes lo que es ver a una persona que te era familiar y sentirlo diferente?

—No, no te entiendo.

—Ni yo misma me entiendo.

La madre, menos mal, no se metió en honduras, pero sí preguntó ilusionada:

—Os casaréis pronto, ¿no? Porque cuando unas relaciones se reanudan después de tres años, es para casarse, digo yo.

Pía se mordió los labios.

Hubiera querido tener algo concreto que contarle a su madre respecto a aquello, pero la verdad es que se daba cuenta de que la palabra boda no la había pronunciado Quike en ningún momento.

—No hablamos de eso, mamá.

—¿No? ¿Entonces qué hablasteis dos horas seguidas? ¿O es que no estuvisteis solos?

Ella jamás mintió a su madre.

Podía silenciarle cosas que no le agradaba decir, pero mentir jamás había mentido.

Había sido criada en un ambiente cristiano y católico, la habían educado bien y, aparte de ser decente sus costumbres eran honestas y su vida clara como el agua filtrada.

—Estuvimos solos, mamá. Pero no me preguntes de qué hemos hablado porque ni lo recuerdo. Sé que quedamos en vernos mañana a la misma hora, pero ahora recuerdo que tengo una hora de clase nocturna y no puedo hasta las nueve. Ya le llamaré por teléfono para decírselo.

—No pareces así, que digamos, muy feliz. Pía, que uno no se casa más que una vez, o así debiera de ser al menos viviendo el marido. Si te das cuenta de que no amas a Quike como pensaste todos estos años, déjalo. Sé sincera contigo misma, que si lo eres contigo, de paso lo eres con él.

¡Qué va!

No era eso. Si la apuraban mucho tendría que confesarse que lo amaba más que nunca, aunque, lo reconocía, de otra manera.

Pero también Quike la amaba de otra manera.

Logró irse en evasivas, convenció a su madre de no sabía ella misma qué, y después, dándole un beso, se fue a la cama.

6

Se hallaba diciendo notas y se le cerraban los ojos.

No había dormido nada.

Y lo peor es que no sabía en qué cosas concretas había pensado.

Estaba inquieta y excitada, eso sí lo sabía, y cuando llegó la hora de levantarse con el fin de terminar de corregir para presentarse en clase de once, que era la suya, se dio cuenta de que apenas había dormido.

Los niños aprobados, que eran los más, gritaban como locos y daban saltos. Ella siempre les dejaba expansionarse porque no había olvidado aún cuando tenía la edad de ellos y recibía los aprobados y con los ánimos que los recibía.

Con la alegría de los chicos, se alegró ella y olvidó un poco su íntima inquietud. Les dio clase y dijo a los pocos suspendidos que estudiaran de firme porque pensaba hacerles una recuperación la próxima semana.

—El que no apruebe conmigo es que no quiere o no puede —les comentó—. Yo no soy ninguna tirana y, viéndoos me remonto a mis dieciséis años cuando cursaba sexto. Quiero también deciros que nunca fui una empollona ni una niña prodigio, pero a los dieciséis ya estaba cursando mi primer año de carrera y me costaba estudiar. A nadie le entran las letras con un soplo. O se hace un esfuerzo, o no se es estudiante. También os digo que para sacar un examen adelante si tenéis que prescindir de un fin de semana, lo hagáis. Yo recuerdo que prescindí muchas veces y me ponía a estudiar un sábado y un domingo, y me liaba a dar vueltas por la casa. Es posible que estudiase diez horas y que sólo aprovechase tres, pero eso sirve de mucho y saca adelante un examen y se evitan después lágrimas y lamentaciones. Todo esto lo estoy diciendo para los aprobados y para los suspendidos.

A la hora del recreo se fue un rato a la cafetería con el fin de cambiar impresiones con sus compañeros. Necesitaba meter la mente en aquel asunto de su profesión y olvidar su dilema con Quike. Se topó con Arturo.

—Hoy tendrás una hora libre, ¿no? ¿Cómo está tu madre?

Las cosas desde el día anterior habían cambiado de medio a medio. Pía pensó que parecía imposible que en veinticuatro horas la vida humana diera tal viraje de sesenta grados de diferencia.

—No, no, Arturo, no tengo día ni hora libre —dijo sincera usando de su modo auténtico de ser—. En cuanto a mi madre está casi bien. Se levantará hoy.

—¿Llegaste ayer a tiempo?

—No. Pero me hice con la receta por la tarde.

—Oye, Pía, ¿de veras no tienes una hora para mí? Sabes lo que siento.

—Sí —le cortó—. Y no la tengo —en dos segundos le refirió el súbito encuentro—. Fuimos novios hace tres años. En realidad si yo no te acepté a ti ni a cualquier otro como tú, fue porque nunca dejé de querer a mi antiguo novio.

—¿Era por eso por lo que me rechazabas?

—Supongo que sí. Nunca olvidé a mi novio, de modo que cuando lo vi de súbito, imagínate.

—¿Habéis vuelto?

Eso era lo curioso. Pía no sabía. Suponía que sí.

A ella jamás se le ocurrió besarse con un hombre así por las buenas.

Si dejaba que Quike la besara y la tocara, era porque se consideraba su novia. Y eso sí que no lo dudó un segundo, y suponía que Quike, aunque no hablara al respecto, lo tenía más que sabido.

—Pues sí, Arturo —dijo con sencillez—. Eso es lo que está ocurriendo.

—Lo siento, Pía. Yo te quería de verdad.

No lo dudaba Pía.

Arturo podía ser un hueso para sus alumnos en cuanto a su asignatura de historia, pero era también un hombre honrado y cabal y no jugaba a coquetear con una compañera.

—De todos modos —se soltó a decir— si te arrepientes o las cosas te salen mal, ya sabes dónde estaré siempre esperándote.

—Te lo estoy diciendo.

—Sí, sí. Ya sé. Pero no siempre segundas partes fueron buenas. Puede venir una desilusión, que las cosas no se presenten como antes, que haya diferencias…

Pía, a su pesar, se alteró.

—¿Por qué tiene que haberlas?

—Bueno, no me digas que no suele ocurrir.

—Puede, pero… no creo que en mí ocurra. Después de tres años de estar esperándole, al verle me di cuenta de que es el único hombre al que puedo querer.

—Bueno, pues que seas feliz, pero recuerda lo que te dije. No siempre las cosas son y se presentan como uno espera. No sufras desilusiones. Yo estaré aquí, donde tú me ves, como siempre.

Le dio rabia que le dijera aquello.

Sin duda en su subconsciente había algo de eso, porque cuando dejó el colegio, apenas si recordó responder al saludo de sus alumnos. Automáticamente les dijo a todos adiós a la vez y subió a su coche.

Se fue a su casa directamente.

Eran más de las doce y media.

Encontró a su madre levantada, lo cual produjo en ella una gran satisfacción. Adoraba a su madre. Era su amiga y su compañera además de madre. En aquellos tres años transcurridos, cuando no salían las dos, se quedaban a ver la televisión. Ella hablaba de Quike y su madre le decía invariablemente:

—Ya verás como vuelve.

Quike volvió, pero no era todo igual a como ella había soñado.

Antes de romper con él, las cosas eran distintas. Después de tres años la confianza que se tenían ella y Quike era ilimitada, no tratándose de lo sexual, que eso ni se tocaba. Un beso, una caricia. Un montón de frases tiernas...

Pero de ahí no pasaba.

Las cosas a la sazón eran diferentes.

—Ya estás levantada, mamá… ¿No es algo prematuro?

—Claro que no. Me he levantado para hablar con tu padre. Me llamó desde Londres. Fíjate si estará loco.

—¿Cuándo le toca el permiso?

—Dentro de tres meses. Pero, según dice, piensa tocar Barcelona, estará allí seis días y quiere que vaya.

Pía la miró asustada.

—¿Ahora?

—No, no. Para el mes próximo.

—Ah, ya me asustaste, porque si te llama papá echas a correr y con ese catarro no estás tú para viajar.

—Cuando tenga que ir a Barcelona ya estaré buena del todo. Oye —sin transición—, me llamó Sabina.

Pía se tensó.

—¿La madre de Quike?

—¿Qué otra Sabina conozco yo?

—Ya.

—Dice que ayer noche cenó Quike con ellos y que venía de estar contigo. Sabina dice que está hermético y que sin duda el Canadá le cambió bastante. ¿Lo has notado tú?

—En cierto modo.

Se iba a la salita y su madre tras ella.

¿Qué habría dicho Quike en casa de sus padres referente a ella?

Seguro que nada. Que la había visto, que había estado con ella y nada más.

—¿Dónde habré puesto la cajetilla? —preguntó.

Y se puso a buscarla.

La madre la espiaba.

—La tienes delante de los ojos, Pía.

—Oh —exclamó ella, y encendió bruscamente un cigarrillo del cual fumó muy aprisa.

* * *

La madre arrastró una butaca y se sentó en la salita, cerca de su hija.

—¿Qué quieres decir con eso de «en cierto modo»?

—El extranjero es distinto, ¿no?

—Él es español. El hecho de andar por hospitales canadienses no tenía por qué cambiar a un hombre, digo yo.

—Tampoco el cambio es tan notorio.

—Sabina dice que es introvertido, y antes hablaba por los codos.

—Conmigo no fue introvertido. Habló.

—¿Mucho o poco?

—Mucho, creo yo.

—¿De qué?

—Bueno, de qué, de qué. ¡Qué sé yo, mamá! Ya ni lo recuerdo. Lo que estoy recordando es que debo llamarle para decirle que no puedo salir hasta las nueve. Que venga a buscarme aquí a las nueve y cuarto.

—Entonces ya no regresas a las diez.

Pía rió nerviosa.

—¿Te importa mucho que regrese a las once, mamá?

—Oh, no. Estando con tu novio, ¿por qué va a importarme?

¡Su novio!

¿Lo era?

No lo sabía.

En vez de hacer comentarios, dijo escuetamente:

—No puedo llamarlo hasta las cuatro que es cuando está en su despacho estudiando.

—¿Tienes el teléfono?

Se dio cuenta de que no.

Fumó aún más aprisa.

Dijo evasiva:

—Llamaré a la telefónica y me darán el número. No creo que venga ya en la guía. De todos modos voy a mirar.

La madre estaba algo pensativa.

Observó cómo Pía se levantaba y asía la guía. Mientras la hojeaba, María murmuró:

—Sabina dice que en toda la semana fue ayer a cenar con ellos. ¿No es ir muy poco?

—Tiene su trabajo, ¿no? No —cerró la guía—, no viene en la guía. Llamaré a la telefónica.

—Pía.

Se volvió cuando iba hacia el aparato telefónico.

—Sí, mamá, di.

—Sabina está quejosa de su hijo.

—Ah.

—Dice que no parece el mismo. ¿Notaste tú la diferencia?

Sí, claro. Tal vez antes que nadie.

—En cierto modo, ya te dije —murmuró en su empeño de no mentir—. Pero eso es natural. Tres años no pasan por la vida de un hombre, máxime siendo médico y trabajando en el exterior, así como así.

—Pues yo no lo entiendo. El hecho de que tú estuvieras fuera tres años, no supondría, digo yo, que fueras diferente a tu regreso.

—Puede que no y puede que sí, mamá. Allí se vive de otra manera.

Sin darse cuenta repetía las palabras de Quike.

Sin duda, entre su razonamiento y Quike con su actual modo de ser, ganaba Quike.

Y si ella estaba enamorada de él ausente, infinitamente más presente.

Eso era obvio, y algo contra lo que ella entendía no podía luchar.

Fuera como fuera Quike con sus padres, a ella tenía que parecerle normal todo lo que hiciera y tenerle sin cuidado lo que dijeran los padres.

La madre insistió:

—¿Cómo se vive? ¿Te lo ha dicho Quike?

Sin darse cuenta repetía sus palabras:

—Hace veinte años se vivía ya como ahora se empieza a vivir aquí.

—Aquí según quien viva. Porque la decencia es la decencia en toda tierra cristiana, Pía.

—Sí, sí, mamá.

—¿Tiene Quike las costumbres de allá?

—Pues es posible.

Y se iba.

La madre se dio cuenta de que Pía andaba algo inquieta.

Como se la dio de que amaba a Quike fuera como fuera.

Frunció el ceño.

Si Sabina no estaba contenta con el modo de ser de su hijo, no entendía que Pía lo estuviese.

—Voy a mirar estos cuadernos, mamá. Es mi clase nocturna de lengua y tengo medio curso sin corregir.

—Bueno, bueno —aceptó la madre.

Pero pensó que en cualquier momento abordaría a Pía sobre el mismo tema.

A la hora de comer era un buen momento.

Allí estaban las dos comiendo servidas por la silenciosa Maruja.

7

—Por lo visto en tres meses que lleva aquí, se ha logrado destacar —decía su madre.

Pía se dio cuenta de que aunque no dijera a quién se refería, sin duda era a Quike.

—Se especializó en urología —comentó Pía deseosa de que su madre cambiara de tema.

—Ya lo sé.

—¿Has llamado tú a Sabina o ella a ti?

—No. Me llamó ella a mí precisamente porque Quike dijo que acababa de dejarte en casa y deseaba saber si habíais vuelto.

—Ah.

—Lo raro es que Quike no lo dijera en su casa, a sus padres.

—¿Decir qué?

—Que habíais vuelto. Se limitó a decir que te había dejado ante esta casa.

—Es una prueba de que hemos vuelto, ¿no?

—En cierto modo nada más. ¿No sería más natural que dijera a sus padres que había reanudado sus relaciones contigo y se casaba esta fecha o la otra?

—Pero, mamá, te digo que no hablamos nada de casarnos.

—Pues eso sigue pareciéndome raro, ya ves. Se lo conté a tu padre por teléfono. Habrá pagado un dineral de conferencia. Papá se puso muy contento y me dijo que a ver si aprovecháis su permiso para la boda.

Pía se agitó.

—No tengo ninguna prisa en casarme.

—Pero él tiene treinta y un años y tú veintitrés. La edad mejor.

—Mamá…

—¿Qué?

—Nada.

Y quedó de nuevo silenciosa.

La madre dijo al rato:

—Yo le dije a Sabina que habíais vuelto a reanudar vuestras relaciones, ¿hice mal?

—No, mamá.

—Pero si no habéis concretado nada de eso…

—¿Cómo que no? Sus padres le dijeron que yo le seguía queriendo.

—Pero, ¿él a ti?

—¡Mamá!

—Te pregunto nada más, Pía.

La joven reflexionó.

Claro que sí.

¿Y aquellos besos?

¿Y aquellas caricias que aún ardían en su cuerpo?

—Por supuesto —dijo rotunda.

Pero era lo bastante inteligente como para darse cuenta que unos besos y unas caricias no indicaban que un hombre quisiera a una mujer.

No obstante, obstinada, insistió:

—Por supuesto. Claro, ¿Cómo no?

—Si tú lo dices tendré que aceptarlo, ¿no te parece?

—Supongo que sí, mamá.

—De todos modos su madre se queja de descastado y cosas así. Dice que vive su vida. Que la vive al margen de ellos. No tienen más hijo que ése, parece que no tienen hijo.

Pía salió en su defensa con ardor:

—Mamá, no saquemos las cosas de quicio. ¿Qué hijo tuvieron durante tres años? Como también, ¿qué novio tuve yo? Las cosas como son. En el extranjero eso de tantos padres y tantos hijos amarrados a los padres, no existe. Hay que dejar el tiempo pasar. Los sentimientos vuelven a su cauce normal, digo yo.

—Esperemos eso.

Por fin su madre dejó de hurgar y ella se retiró después a su cuarto a corregir los exámenes de la clase nocturna, entretanto su madre se quedaba a ver la televisión.

Pía en su cuarto y a solas, empezó a pensar en todo aquello, pero sacudió la cabeza y miró el reloj esperando la hora de llamar a Quike por teléfono y decirle que no lo vería hasta las nueve.

No quería desmenuzar las cosas.

Había algo que estaba claro. Y era su amor, su pasión, su… deseo por Quike. Para ella Quike no había muerto, había estado aletargado y al despertar lo hacía con verdadero ímpetu y fuerza.

Lo que dijera la madre y el padre la tenía sin cuidado.

Y tampoco eso era corriente en ella.

Todo por Quike.

Porque fuera como fuera Quike, y a ella más que a nadie le constaba que era distinto, ella lo amaba más que nunca.

Lo cual significaba que para su sensibilidad era mejor este Quike que aquél…

Automáticamente se puso a corregir.

Había que poner más cuidado en estos exámenes que en los diurnos, porque los chicos que acudían a clase trabajaban durante el día. Ella les daba montones de oportunidades más a los nocturnos y todos la querían de verdad.

Había varios exámenes que miró y remiró por seis veces seguidas. No daban más de cuatro con setenta y cinco, pero ella puso cinco en todos ésos.

Después, de repente, un reloj, en alguna parte de la casa, sonó dando las cuatro de la tarde.

Automáticamente se puso en pie y se acercó al teléfono.

* * *

El teléfono al otro lado sonó más de seis veces. Al fin oyó la voz de la mujer.

Se imaginó su traje negro y su cuello de piqué blanco y su palabrería.

—Consulta del doctor Melero —dijo la mujer como si tuviera una lección muy aprendida.

—Deseo hablar con el doctor.

—Imposible —dijo la mujer—. Está estudiando. A las cuatro y media abre la consulta.

Pía respiró hondo.

—Soy su novia.

La charlatana lanzó como un alarido.

—Pero ¿tiene novia?

—Por favor.

—¿De veras tiene novia el doctor Melero?

—¿Quiere ponerme? —cortó Pía molesta.

La mujer se notaba titubeante.

—El doctor no me dijo nunca que tuviera novia.

77

—Pues se lo digo yo.

Y ella misma se encontraba ridícula.

¿Era realmente la novia de Quike o era… su entretenimiento?

Sintió algo de humedad en la raíz del pelo junto a las sienes.

La mujer aún insistió:

—Le aseguro que no tengo orden de pasarle ninguna comunicación.

—Pues es lo mismo —se impacientó Pía ya alteradísima—. Dígale que soy Pía Villalba.

La mujer lanzó otro gritito.

—¿La que vino ayer a buscar la receta?

La mujer era impertiente en demasía.

Pía trató de serenarse.

—Esa misma —dijo todo lo serena que pudo.

La mujer volvió a decir entusiasmada:

—Pero ¿es usted la novia del doctor?

—Señora…

La voz de Pía era cortante.

La mujer se apresuró a decir:

—Perdone. Aguarde un rato.

Pía aguardó nerviosa.

Menos mal que estaba sola.

¿Qué diría su madre si la viera temblando y tan inquieta?

Al rato oyó la voz de Quike.

¡Dios santo!, menos mal.

78

Si la mujer le sale diciendo que el doctor Melero no se puede poner, se muere.

—Dime, Pía.

—Hola.

—Hola.

—Verás, Quike, te llamaba porque tengo clase nocturna cada segundo día. No saldré del Instituto hasta las nueve.

—Bueno—dijo él sereno y ecuánime—. Puedo ir a buscarte. ¿Qué Instituto es?

—¿No sería mejor que vinieras a buscarme a casa y de paso saludabas a mamá?

—Tampoco es mala idea. ¿Está tu padre?

—No.

—¿A qué hora voy a buscarte?

—A las nueve y cuarto ya estaré en casa.

—Bien.

—¿Te viene mal?

—Espero estar libre a esa hora, salvo si tengo una operación, y nada veo previsto para hoy, a menos que llamen de algún hospital donde suelo trabajar.

—No tienes nada previsto…

—Ahora mismo no.

Tenía una voz ronca, firme, ecuánime.

Pía pensaba que ella estaba nerviosísima y temblorosa, pero Quike parecía tener una sangre fría que casi daba espanto.

Quike no era así antes.

Cuando ella le llamaba por teléfono le decía un montón de cosas gratas, inefables.

A la sazón se ceñía a lo que trataban. Pero tampoco eso era tan censurable, entendía ella, era más bien comprensible teniendo en cuenta su categoría.

Y además que la conversación tenía lugar por teléfono.

Sin embargo, en su subconsciente Pía pensaba que dónde iba todo lo que habían vivido en el interior del auto el día anterior.

—Entonces —decía Pía— decididamente vienes a buscarme a casa.

—Por supuesto.

—De paso saludas a mamá.

—Claro.

Podía decirle una frase amable.

Un piropo.

Un recuerdo.

Nada.

—Quike...

—Sí.

—Nada, nada.

—Bueno.

—Te espero a las nueve y cuarto.

—Estaré ahí.

—Adiós, entonces.

—Adiós.

Sólo eso.

Colgó.

Pía se llevó las manos a la cara.

Le ardía el rostro.

Estaba tan inquieta que no sabía dónde poner las manos.

Se fue a la clase nocturna casi temblando.

Les entregó las notas. Casi los había aprobado a todos y, como tenía por costumbre, a los suspendidos les daba otra oportunidad.

—Pasado mañana os hago otro examen. Por favor, estudiad un poco más.

Los miraba. Todos o casi todos tenían caras de infelices. De seres sacrificados. Víctimas de la sociedad. Víctimas de su medio.

No quisiera tener que suspender a ninguno, así que antes de irse, y entregándoles el examen, les advirtió:

—Por favor, estudiad un poco más, aunque tengáis que sacarlo de vuestro sueño.

Luego se fue como huyendo.

8

Llegó a casa a las nueve y cinco.

Del Instituto a su casa había poco trecho y en coche, se hacía en un periquete.

Oyó voces en el salón.

La de Quike y su madre.

Si Quike se comportaba así, familiarmente ¿qué cosa era ella en la vida de aquel hombre? Su novia, creía ella.

Entró en el salón con sus botas, sus pantalones por dentro de las botas y su pelliza, amén de su camisa y su suéter de punto azul.

La madre exclamó feliz:

—Mira a quién tienes aquí.

Miró a Quike.

Tenía la mueca en la boca, pero sus ojos estaban inmóviles en ella, resbalantes, como desnudándola.

Aquella mirada del Quike actual, nada tenía que ver con la de su novio de antes. Pero de todos modos ella quería al actual, como había querido al otro.

Enrojeció.

—Hola —saludó.

Y fue a besar a su madre.

Quike se había puesto en pie y comentó como si nada en la vida tuviera demasiada importancia:

—Tu madre está perfectamente.

—Quike tuvo la gentileza de mirarme la tensión arterial y todo eso. Dice que he superado la gripe.

—Estupendo, mamá —y lanzando una mirada inquieta sobre su novio—. Me voy a cambiar y vengo en seguida.

Los dos continuaron en su conversación, se podría decir, intranscendente.

Ella se metió en su cuarto y se miró al espejo.

—¡Dios santo! —suspiró apretando la cara con las dos manos—. Estoy más enamorada que nunca. ¿Por qué no tiene que estarlo Quike de mí?

Lo estaba.

Seguramente lo estaba y era ella la que pensaba cosas raras.

Tampoco se le podía pedir a un hombre de la categoría de Quike que se pasase el día riendo y diciendo frases amorosas.

Quike no era como antes, de acuerdo, pero es que tres años antes Quike era todavía un crío, pese a sus veintiocho años, pues de experiencia femenina tenía la que habían adquirido juntos, y a la sazón Quike había vivido en el extranjero, era un médico apreciado y sabía lo suyo, y cualquiera sabía cómo y cuánto había vivido.

Con estos razonamientos volvió a tranquilizarse y procedió a desvestirse en un segundo. Andaba desnuda por el cuarto como era habitual en ella, buscando ropas para ponerse. Se metió en la ducha después de proteger el pelo y se jabonó frotándose con bríos. Se necesitaba remover la sangre, friccionarse bien con el fin de sacarla casi de su piel.

Después se puso un modelo de falda y casaca de fantasía de una lana muy fina moteada con verde oscuro y más claro con ciertos puntitos negros. Una blusa cremosa debajo, y ató un pañuelo verdoso haciendo juego; con el traje, por la garganta. Calzó medias y zapatos y una vez retocado el rostro se miró al espejo.

Estaba linda.

Sonrió más animada.

Después buscó el abrigo de pieles, se lo puso y asiendo el bolso, levemente perfumada, muy femenina, salió al exterior y apareció en el salón cuando Quike le recetaba a su madre una vitamina C. Especial para reponerse y restar el efecto debilitante que hubieran dejado en su organismo los antibióticos.

—Ya estoy lista —dijo.

Quike se volvió hacia ella. Vestía un traje grisáceo con una raya blanquecina muy menuda. Camisa blanca y corbata, haciendo juego. En el perchero de la entrada había visto un abrigo sport, tipo gabardina, de color gris oscuro.

No era un Adonis, Quike. Ni siquiera un hombre bello, pero era muy interesante, dentro de su gravedad y seriedad de médico. Tenía el pelo negro y los ojos de un marrón muy oscuro, una nariz recta y una boca grande. No era excesivamente alto. Más bien de estatura corriente e incluso un poco baja para un hombre de su contextura. Ancho de hombros, cintura estrecha, piernas largas…

—Ya nos vamos, mamá. Si vengo más tarde de las once no te preocupes.

—Yendo con Quike, claro que no me inquieto. Hasta otro día, Quike. Te encuentro muy bien. Parece incluso que has crecido.

Quike sonrió distendiendo la boca de aquel modo en él peculiar. En una mueca uniforme, indefinible.

Besó la mano que la dama le tendía y se fue con Pía.

Ya en el ascensor se le quedó mirando y como ella llevaba el abrigo desabrochado, deslizó sus manos bajo él y la apretó contra sí.

Le buscó la boca con la suya.

¡Aquellos besos!

Hondos, rasgantes, extraños, despertando toda la sensibilidad que había en la joven. Excitándola al máximo.

Cuando el ascensor se detuvo, ella le empujó un poco.

No le miró a los ojos.

Le daba vergüenza.

Nunca la tuvo de su novio Quike. ¡Jamás!

Pero la tenía de este otro Quike.

Él no dijo palabra. Una vez en el portal, la asió por el codo y la llevó a la calle, donde tenía aparcado el auto.

Aquel día no la invitó a subir a su casa. Ni siquiera la mencionó. La llevó a una discoteca y estuvieron bailando muy apretados hasta las once menos diez.

Lo sentía con toda su virilidad excitada. Su modo sinuoso, raro, distinto de ser. Era este hombre más conquistador que aquel otro Quike sencillo y amoroso. Éste, en cambio, era silencioso y apasionado y le hacía sentir a ella una tremenda turbación.

Ni una palabra del futuro.

Ni una casi del presente.

Una conversación intranscendente, pero, eso sí, llena de silenciosas insinuaciones. Se notaba que era el hombre el que mandaba en ella, el que se apoderaba de su voluntad, y Pía, por su parte, no se atrevía a hablar de lo que él no mencionaba.

La devolvió a casa a las once en punto. Correcto, amable, dentro de su apasionamiento manifestado sin reparos. Como haciéndole entender que la vida entre los dos era así y no había que buscarle cinco pies al gato cuando sólo tenía cuatro.

En el interior del coche, antes de que ella bajara, la retuvo en sus brazos, la besó en plena boca, deslizó sus dedos por el busto femenino y ella no tuvo fuerzas para darle un empujón y salir corriendo. Quike la retuvo a su lado cuanto quiso.

Después, dijo:

—Si mañana por lo que sea no puedes salir antes de las ocho, me llamas y me lo dices. Ah, si es que podemos vernos a las ocho, será en el club…

—Sí —dijo ella bajo.

—Hasta mañana entonces.

Llevaba en su boca el pecado terrible de aquellos besos y en su cuerpo el contacto ¿vicioso? de sus manos…

* * *

No fue aquel día, fueron muchos otros.

¿Cuántos?

Más de un mes.

Todos iguales o parecidos. O se iban a una discoteca, o se quedaban en el club y al despedirla en el auto la besaba hasta casi desvanecerla o se iban en el coche por la periferia de la ciudad o también a un cine donde aún era peor el proceder de Quike.

Pero ella llegó a pensar que todo aquello era natural entre dos novios.

¿Novios?

Eso era lo raro.

Quike jamás mencionaba el pasado, pero tampoco tocaba el futuro.

Ni una sola vez habló con ella de cuando eran novios, de cuando iniciaron aquellas relaciones, ni cuando ella le dijo que era mejor dejarlo y él se fue por el mundo.

Muchas veces intentó Pía abordar el asunto de aquellos tres años que eran como una laguna y otras tantas veces soslayó Quike el comentario de respuesta.

Allí sólo se vivía el presente y jamás Quike por muy exaltado que estuviera a su lado, habló de boda.

Era la madre la que preguntaba todos los días.

La que insistía.

La que hacía planes.

Pía vivía como ida, como ausente. Hasta ya no era tan alegre con sus alumnos, ni les contaba cosas, ni charlaba con ellos en los recreos, y si podía esquivaba a Arturo.

No sabía qué decir.

¿Si era la novia de Quike?

Se comportaba como tal. Y hasta lo que le parecía antinatural antes, ahora le parecía lo más natural del mundo. No sabía si inconsciente o conscientemente Quike la iba llevando a su terreno.

Sentía como él.

Deseaba lo que él deseaba.

Así que cuando un día Quike le dijo con naturalidad: «¿Subimos a tomar una copa?».

Subieron.

Pía ya no pensó en sus prejuicios ni en sus costumbres anticuadas.

Creía que todo aquello de antes, de lo que decía su madre de la moral, las buenas costumbres y zarandajas por el estilo, no cabían entre ella y Quike. Así estaba de enamorada y de ciega y así la apasionaba la nueva personalidad aplastante de su novio.

Cuando quiso darse cuenta era como si dijéramos el comodín de Quike.

Eran las ocho cuando entró en el piso de su novio y las once cuando ambos salieron.

Sin más Pía había perdido allí su virginidad.

No lloró después de eso. No podía. Tenía un nudo en la garganta y había sido feliz con Quike. Se iba a casar con él, ¿no? Pues… también podía ser natural lo ocurrido.

Subconscientemente sabía que no lo era, pero había ocurrido y desde aquel día muchas veces más la llevó a su piso.

Pía estaba más guapa que nunca, pero también más inquieta, más triste.

Había dentro de ella como un acogotamiento.

Algo que no se podía evitar.

Que sabía lo que estaba haciendo y no hubiera querido hacerlo, aunque tanto le gustara.

A todo esto regresó su padre con el permiso y Quike subió a verlo, y el padre habló por los codos y Quike habló mucho menos.

Llegaron las vacaciones de verano y Pía disponía de más tiempo, pero notaba que Quike a veces acudía todos los días a buscarla y otras veces se pasaba dos sin llamarla siquiera por teléfono.

Pía hubiera deseado tener con quien cambiar impresiones. Siempre lo hizo con su madre, pero a la sazón las cosas que tenía que decir no eran para que su madre las oyese.

¿Decirle que además de novia de Quike, si es que lo era, era también su amante?

¿Decirle a su madre que Quike la había enganchado de tal modo que no era nada y sólo se había convertido en una continuación de Quike?

Que Quike la amaba era obvio. Muy tonta tiene que ser una mujer para ignorar ese detalle. No, Quike la amaba, pero era distinto. Se apasionaba con ella y se notaba que la pasión no era fingida. Pero… ¿por qué no hablaba del futuro?

¿Ni del presente?

Vivía, eso era todo.

Y vivía con ella intensamente, hasta el punto que ella estaba lo que se dice loca por él.

¿Pensar en dejarlo dada la actitud de Quike? No podía. Estaba amarrada de pies y manos. Por las relaciones íntimas que sostenían, por el amor que sentía hacia él, por todo.

Pero Quike, salvo cuando la estaba queriendo, y eso sí, la quería de verdad, no era el hombre de antes, ni siquiera un hombre de ahora, claro. Vivía y jamás mencionaba ni volvía a recordar lo que vivían hasta que de nuevo volvía a vivirlo y hasta limitaba sus frases cuando estaba viviendo.

No supo jamás: en qué instante pensó ella que Quike se estaba vengando de los tres años de abandono en que ella voluntariamente le había dejado.

* * *

Pero ¿era así realmente?

No lo sabía. Tenía como una vaga sospecha, pero por la actitud de Quike no podía ni debía juzgarlo así.

Su padre disfrutó de casi dos meses y se fue de nuevo y ella quedó en la ciudad junto a su madre y su tremenda preocupación.

Por otra parte, el comportamiento de Quike era normalísimo dentro de toda aquella lacra de posesiones.

La llevaba a casa de sus padres. La presentaba a sus amigos. Iban a reuniones de matrimonios jóvenes.

Él sí decía:

—Mi novia.

Nada más que eso.

Pero al menos confesaba que lo era.

Las conversaciones entre ellos no eran demasiado largas y hondas, ni siquiera amistosas. Apenas si existían.

No sabía ella cómo se las apañaba Quike, pero lo cierto es que casi siempre andaban entre otras gentes y sólo para poseerla la llevaba al piso.

¿Que ella podía negarse?

Podía.

Pero era demasiado tarde después de haber ido la primera vez.

Estaba, como si dijéramos, atada de pies y manos.

Por eso se había hecho resentida, hermética, casi muda.

Su madre se lo decía aquel día. ¿Cuántos desde el regreso de Quike? Un montón. Meses ya. Es más, se iniciaban de nuevo las clases, y las oposiciones que ella tenía que hacer, no las hizo. No estudió nada. No podía concentrarse.

Se lo contó todo a su confesor y éste, honestamente, le dijo que cortara de inmediato.

¿De qué le sirvió ir a confesar y desahogar si volvió a las mismas? ¿Si no fue capaz de negarse a subir a su piso?

Su madre, como decimos, hablaba con ella aquel día:

—Te has vuelto muy rara desde que reanudaste tus relaciones con Quike.

—¿No estoy como siempre?

—No.

—Pero, mamá, si nada ha variado en mí.

¿Cuándo le mintió ella a su madre?

Jamás.

Y le mentía.

Le mentía porque sabía que la sinceridad iba a dolerle mucho a su madre y seguramente jamás se lo perdonaría a Quike.

—¿Cuándo os casáis?

Eso era lo peor.

Podía gritar desaforadamente: «Ya estoy casada. Me caso todos los días, mamá».

Pero no.

Sería como partirle a la madre, tan buena, tan comprensiva, tan llena de ternura, el corazón.

¿En qué cosa se había convertido ella?

¿Ella, que siempre pensó que no se debía adelantar la posesión antes del matrimonio?

Pues ella lo había hecho y que nadie le preguntara cómo empezó todo porque no sabría decirlo.

Empezó y seguía…

Eso era todo.

—No me gusta perder mi libertad, mamá —aducía para quitarle importancia a la cosa.

—Pues tu padre, cada vez que llama, y llama cada mes, pregunta lo mismo. Cuando decidas casarte, si no dispone del permiso reglamentario, lo pedirá especial. Quiere ser el padrino de tu boda.

—De acuerdo, mamá.

—¿Qué habláis Quike y tú de eso?

Ni palabra.

Jamás la palabra boda surgió entre ellos.

En Quike porque no surgía espontáneamente y en ella porque cada día que pasaba le tenía más respeto, más miedo y más vergüenza a Quike.

Sí, sentía vergüenza.

Le daba no sé qué, como una súbita irritación, hacer lo que estaba haciendo y, sin embargo, volvía a nacerlo y jamás protestaba. Ya sabía que entre novios formales eso suele ocurrir, pero ella no hubiera deseado que así ocurriera.

—De pasada, mamá —le mintió a su madre.

—Sabina está deseando que su hijo se case. El otro día estuvieron aquí ella y Enrique y hablamos de eso. Y sabes, ellos están muy contentos con que hayáis vuelto. Siempre soñaron, dicen, con una nuera como tú.

La oía como si su voz procediera de muy lejos. Tanto es así que su madre se dio cuenta de su abstracción.

—Pía, ¿me estás oyendo?

No, nada.

Pero, en cambio, dijo:

—Claro.

—Pues lo mejor es señalar la boda para este invierno, ¿no?

Claro que no.

Si Quike no mencionaba el asunto, menos iba a mencionarlo ella.

* * *

Aquel día Quike no le dijo nada de subir al piso, lo cual hizo a la joven respirar mejor.

En cambio le dijo:

—Mañana salgo de viaje.

—Oh.

—Me voy a un congreso a Barcelona.

Procuraba no mirarlo.

No se sentía con fuerzas.

Había dentro de ella una especie de pasión y rencor al mismo tiempo. ¿Quién la había conducido a ella por aquel camino?

Quike.

Solapadamente. Se daba cuenta.

Adrede. No cabía duda que Quike la amaba y la deseaba, pero... todo en él parecía estudiado.

Pía estaba ya por asegurar que era una baja venganza.

Si ella pudiera prescindir de él.

Pero ¿cómo poder después de ser tan suya?

No se atrevía.

Además le amaba, le necesitaba.

Pero poco a poco iba penetrando en el fondo de toda aquella burda suciedad.

—¿Por mucho tiempo?

—Una semana, menos, no sé.

Se hallaban ambos en el interior del auto ante la casa de Pía. Eran las diez. Una hora antes de lo habitual, tal vez con el fin, pensaba ella, de hacer él su maleta.

—Me voy en coche. Haré una escala en Zaragoza... Tengo algo que ventilar allí.

No le preguntó qué.

Casi podía decirse que vivía al margen de su vida como médico.

Sabía de sobra cómo era la vida del hombre.

Apasionada, vehemente... amorosa. Sí, sí, amorosa.

Que la quería y la necesitaba era obvio.

Pero... ¿aquellos silencios suyos referentes a todo lo que vivían? ¿No era más natural que mencionaran aquel asunto después de vivirlo o antes de hacerlo?

Pues Quike no mencionaba nada.

El pasado para él, por lo visto, no existía, sólo por lo visto, porque Pía empezaba a pensar que era el pasado precisamente el que movía todos los hilos de su vida. Y en cuanto al presente y al futuro ni una sola mención.

—De todos modos —le decía Quike ajeno a sus pensamientos— ya te llamaré por teléfono desde Barcelona.

—Bueno.

—¿No estás algo apagada hoy?

—No creo.

—¿Hubieras querido subir al piso?

¡Hala, encima! Lo que le faltaba.

—No.

Lo dijo con fuerza.

La suficiente para causar curiosidad en Quike. Pues no la causó, y si la causó no preguntó de nuevo qué le pasaba.

La asió por los hombros y la besó en la boca como era su costumbre. Hurgante, posesivo, poderoso.

Pía siempre se proponía separarse, huirle, pero el caso era que cuando llegaba el momento se metía silenciosamente en él, aunque estuviera renegando de sí misma y su desenfrenada pasión.

No obstante aquel día lo separó con las dos manos y precipitadamente descendió del auto.

Quike le gritó:

—Espera, mujer.

Pía no esperó.

Caminaba gentil, delgada, esbelta, ¿dolorida? Sí, mucho, hacia el portal.

Se perdió en él y Quike arrancó el auto apretando los labios con fuerza.

No era fácil saber lo que pensaba Quike.

Pero la mueca de su boca era dura y relajada.

Pía entró en el ascensor y apretó las sienes con las manos.

Nunca pensó que ella pudiera llegar a aquello.

Pero había llegado.

Lo sentía como una afrenta.

Si pudiera, en aquella semana, poner en orden sus ideas, envalentonarse, despedirlo de nuevo de su vida...

Pero no era posible.

Sabía cómo le quería.

Quike podía estar jugando con sus sentimientos, pero ella no jugaba a nada. Estaba queriendo. Y jamás creyó cuando tres años antes era novia casi espiritual de Quike, que llegara aquel momento. Pero el momento estaba allí y era inútil dar marcha atrás.

Si pudiera empezar de nuevo...

Pero eso era una estúpida ensoñación.

Por otra parte tenía dos vidas, lo cual jamás le había ocurrido.

Con su madre ponía una expresión y en la calle otra.

Por nada del mundo hubiera hecho ella sufrir a su madre, y si notara lo que le ocurría, su madre iba a sufrir horrores.

Como las clases estaban ya iniciadas, se pasaba la vida en su estudio o en su cuarto y cuando estaba en el Instituto, rara vez salía como antes a charlar con sus compañeros o alumnos.

Los mismos chicos cuchicheaban entre sí.

Muchos eran ya hombres y la veían con el doctor Melero y la suponían su novia, pero no la consideraban feliz.

9

Aquel día se quedó corrigiendo.

Hacía dos que se había ido Quike y no la había llamado aún por teléfono. Tampoco esperaba demasiado su llamada. Para entonces ella estaba más reafirmada en que Quike llevaba a cabo una venganza, si bien no por eso la quería menos. Pero sin duda aquellos tres años fueron una pesadilla para él y al regreso, los cobraba caros, aun queriéndola, porque eso sí, le constaba que la quería. No se podía fingir una pasión con la misma mujer meses y meses. O se sentía o uno se cansaba, y Quike nunca se cansaba de poseerla.

Era cuando sí parecía él. Cuando se desdoblaba. Cuando se entregaba tal cual era. Pero para la sensibilidad de Pía no bastaban aquellos instantes para instaurar una vida entera.

—¿Puedo pasar, Pía?

Vaya, Arturo.

—Pasa —dijo no obstante.

Arturo pasó caminando con lentitud y las manos hundidas en los bolsillos del pantalón, arremangando un poco la chaqueta.

—¿Cómo es que te quedas aquí? Podemos tomar un café en la cafetería.

—Tengo esto pendiente de corregir —dijo evasiva—. Pero me alegro de que hayas venido. Hay un chico en tu clase que tienes estancado por la historia. Quisiera hablarte de él.

—¿Influencias?

—Les estás extorsionando la vida a los padres. Es hijo de familia numerosa y el dinero no abunda.

—El chico es inmaduro —farfulló Arturo.

—No me obligues a decirte que tienes poco de pedagogo y de sicólogo. El chico no es que sea inmaduro. Es que no tiene la brillantez que tú exiges para explicarte lo que por demás sabe, y tú como profesor tienes el deber de leer en su brevedad escrita lo que el chico sabe de historia.

—A mí hay que dármelo mascado. Porque si yo no lo leo mascado es que el que lo escribió no lo ha mascado tampoco.

—O sea, que no hay indulgencia.

Arturo lo pensó.

—¿Qué chico es?

—Berna…

—Ya hablaremos. ¿Le has aprobado tú?

—Por supuesto. Se lo merece. No es brillante haciendo comentarios de texto, pero sabe lo poco que dice. Y por supuesto, no irá por letras, de modo que mírale las notas de matemáticas y química.

—Ya sé, ya sé.

—Si lo sabes, ¿cómo es que lo tienes paralizado en tu historia? Sería demencicial que hiciera yo otro tanto en lengua y literatura. El muchacho pretende estudiar peritaje para luego seguir a ingeniero a su modo y manera, pues sus padres no pueden pagarle esa carrera, y el peritaje lo puede hacer aquí. ¿Vas entendiendo?

—Voy —y con rápida transición—, pero yo no venía a hablar de nuestros comunes alumnos.

—Pero te hablo yo.

—Sabido queda. Cuidaré el examen cuando lo corrija.

—Gracias. Espero de tu buen sentido y generosidad que lo tengas muy presente.

—De acuerdo, te digo. Pero venía a saber qué cosa te pasa a ti.

—Nada. ¿Por qué tiene que pasarme algo?

—No lo sé, pero tenías decidido presentarte a oposiciones, no lo has hecho… ¿Es que durante el verano no has estudiado nada o es que te casas y lo dejas?

—Ni lo uno ni lo otro. En verano me sentía perezosa, y no me caso aún, y aunque me case no pienso dejar las clases.

—Pía…

Tuvo miedo de aquella voz.

Lo acusaba de no ser sicólogo, pero lo cierto es que le sobraba sicología y hondura para conocer a sus semejantes. Por eso ella tenía tanto miedo que penetrase en su «verdad».

Sacudió la cabeza.

Él volvió a decir:

—Digas lo que tú digas, tu noviazgo no te hace feliz.

—¿Estás loco?

—No. Estoy bien cuerdo. Tú vives una tragedia íntima. ¿Por qué? Déjalo si no te gusta —bajó la voz y dijo algo que estremeció a Pía de pies a cabeza—. Pasara lo que hubiera pasado, yo te aceptaría igual.

—¿Pasar? —preguntó como un autómata.

—Te digo eso.

—Y yo no te entiendo.

Pero vaya si le entendía.

—Si te has dado cuenta de que no amas a tu novio, yo estoy aquí. Te lo dije aquel día y te lo vuelvo a decir… Los matrimonios entre profesores suelen dar buenos resultados.

—Arturo, sabes de sobra que tarde más o tarde menos, me caso con mi novio.

—¿Y por qué vas a tardar? ¿Qué cosa esperáis? ¿Eres tú o es él el que no menciona el asunto?

—Pero… ¿cómo te atreves a meterte en la vida de los demás?

—Para mí tu vida no es de los demás. Es la tuya y eso lo tengo yo muy en cuenta.

Discutieron aún largo rato.

No llegaron a una solución.

Pía se fue en evasivas.

Él pretendía meter el dedo en la llaga.

Y lo metía.

Pía bien que se daba cuenta.

Él no había visto nada, pero sin duda lo sabía todo por intuición masculina muy personal, y lo peor es que además intuía la verdad.

Pero Pía no la aceptó.

Cuando se dieron cuenta estaban hablando de nuevo del alumno y quedaron de acuerdo en que lo aprobarían los dos.

Pero al despedirse Arturo aún insistió.

—Pía, que estoy aquí para ti. Recuérdalo.

Prefirió hacerse la sorda. No obstante comprendía que de no aparecer Quike tan oportuna o desoportunamente, ella hubiera terminado con el profesor de historia.

Se lo dijo su madre cuando llegó a casa bien entradas las nueve y media.

—Te llamó Quike.

El corazón le dio un vuelco.

—¿Sí?

—No hace ni diez minutos.

—¿Qué le has dicho?

—Que estarías al llegar. Dijo que llamaría dentro de un cuarto de hora. Estará al hacerlo.

—Entonces me voy a mi cuarto. Iré a ver si tengo la palanca pasada allí.

La tenía.

Su madre iba tras ella por el pasillo.

—Estuvieron Enrique y Sabina a merendar conmigo. Hablamos de vosotros.

No le interesaba qué cosas se habían dicho.

Se las imaginaba.

Pero la madre aún tras ella, añadió:

—Pensamos que es hora de que os caséis. Enrique se lo va a decir a Quike.

No quería que lo hiciera.

Forzar las cosas, en modo alguno.

Más prefería que pensaran que era ella la que aún no quería casarse.

Por eso se envalentonó y puesta a decir mentiras, hacía mucho que las estaba diciendo.

—Pero, mamá, si soy yo la que no tiene ninguna prisa en casarse.

—Sea quien sea —dijo la madre enérgica—, es cosa de que lo vayáis pensando. ¿Es que piensas que Quike va a llegar a viejo soltero? ¿Qué cosa os retiene? Si dudas de tu propio cariño hacia él, déjalo… que ya no es la primera vez.

—Pero, mamá.

—¿Dudas de tu cariño?

¡Ella! Claro que no.

Ni del de Quíke.

Pero si Quike se había propuesto hacerle sufrir, ya lo estaba consiguiendo. Caro estaba pagando ella aquella laguna de tres años.

¿Tanto la quería Quike cuando ella lo dejó para no haberlo olvidado? ¿Es que sufrió tanto Quike en aquellos tres años?

Sonaba el timbre del teléfono y dejó a su madre en el pasillo.

—Es Quike —dijo temblorosa y se cerró en su cuarto.

Se sentó en el borde de la cama y levantó el auricular.

—Dime…

—Hola, Pía.

—Hola.

—¿Cómo anda eso por ahí?

—Bien.

—¿Qué has hecho hoy?

—Lo de todos los días —su voz se quebraba un poco—, Instituto, corregir…, lo de siempre.

—¿Hace buen tiempo?

—Malo. Llueve y hace frío.

—Aquí está bien. Estoy enfrascado en el congreso. Se aprenden muchas cosas de los extranjeros, viniendo por aquí...

—¿Cuándo regresas?

—Ya te llamaré el día antes. Supongo que dentro de cuatro o cinco días.

Todo así.

No había que esperar más intimidad.

Ésa quedaba tan sólo circunscrita al piso masculino.

Lo demás era paja.

¿Y qué era aquello que ocurría en el piso?

No paja, pero sí basura.

Ella no podía soportar la idea de que para Quike sólo era una mujer de alcoba.

No asimilaba la idea.

—Pía, ¿estás ahí?

—Sí.

—Pensé que te habías retirado.

—Pues no...

—Espero que me eches de menos.

Era la única alusión.

Ella pensó gritarle unas cuantas cosas, pero se encontró diciendo dócilmente. Así la tenía él acaparada y atontada.

—Te echo, sí.

—Pronto estaré de regreso. Bueno, a ver si mañana puedo llamarte otra vez. ¿Es buena hora?

—Sí.

—Pues hasta mañana, querida.

—Hasta… mañana.

Y colgó.

Lo hizo despacio.

Después se tiró hacia atrás y quedó ensimismada.

Dos gotas salobres se deslizaron de sus ojos.

Las secó de un manotazo.

«Quike», susurró entre dientes, «si te has propuesto cobrar los tres años de amargura, caros te los estás cobrando.»

Y de súbito pensó envalentonarse y dejarlo otra vez, y ésta para siempre, quedara como quedara ella.

¿No había miles de mujeres que tuvieron intimidad con sus novios y los dejaron? ¿Por qué ella tenía que estar ligada a Quike por «aquello»? Le quería, sí, pero otros cariños se acogotaron y se desvanecieron…

10

Lo pensó y lo maduró durante los cuatro días siguientes. Es más, cuando él la llamaba por teléfono, y lo hacía todos los días hacia las diez de la noche, para decirle unas cuantas frases sueltas, seguía pensando que a su regreso le plantearía el asunto.

No el de la boda.

No sería ella la que mencionase tal asunto o haciéndolo él previamente, pues entendía que si Quike no lo hacía, era que no pensaba casarse aún, pero sí el de la ruptura. Eso, sí, expondría razones. No estaba dispuesta a ser su amante toda la vida.

Y también abordaría el tema del pasado y mencionaría la venganza que él estaba llevando a cabo. ¿Que se equivocaba? Ya no creía equivocarse.

Plantearía la cuestión sin ambages. No tenía ella por qué acobardarse ante Quike cuando, antes, siempre, hasta que regresó, sus relaciones fueron de lo más límpidas y sencillas. A la sazón ni nada era límpido ni sencillo y las pasiones parecían retorcerse solas y como atragantadas, pero Quike nada hacía por desvanecer aquel mal sabor de boca que ella sentía y que sin duda Quike tenía que saber que lo estaba sintiendo.

Quike no era ningún idiota.

Era un hombre inteligente.

Íntegro para todo menos para ella. Siendo así, ¿qué le quedaba a ella que pensar? La verdad, y la verdad era que Quike no le había perdonado nunca aquello que ella hizo al romper con él. Pero tampoco en eso estaba de acuerdo con su novio, pues entendía que la verdad debe llevarse siempre por delante. Al menos eso era lo que ella hacía hasta que él regresó y reanudó sus relaciones. Por tanto, cuando ella lo dejó, lo lógico era que Quike hubiera manifestado su dolor, incluso que intentara convencerla de que se amaban lo bastante para no dejarse. Pero Quike no hizo nada de eso. Se fue, calló, seguramente rumió su pena lejos de ella y el rencor lo llevaba por aquel camino sin duda equivocado.

No quería dar sorpresas, por eso abordó el tema con su madre.

Ya sabía que iba a mentir de nuevo, pero habituada a hacerlo desde que Quike regresó, un poco más se lo perdonaría Dios.

No se merecía su madre aquella falsedad, pero tenía que defender su postura y para evitar mayores males, decidió poner a su madre en guardia o, al menos, al tanto de lo que ella iba a hacer. ¿Dar razones por las cuales lo hacía? No las verdaderas. Pero en cuestión de sentimientos nadie puede obligar a nadie y aduciendo la falta de ellos, a su madre no podía, pues, extrañarle que ella estuviera pensando en romper de nuevo con Quike.

Lo que le dijera a Quike iba a ser muy distinto, pero eso no tenía por qué saberlo ni su madre ni los padres de Quike, pues no había que esperar que Quike diera explicaciones de lo que hacía él o su novia.

Ya sabía que Quike regresaba al día siguiente porque se lo había dicho él mismo por teléfono y habían quedado en reunirse, como casi siempre, en el club a las ocho de la noche, pues ella el día siguiente no tendría clase nocturna.

No obstante, en aquel momento estaban ella y su madre viendo la televisión. El programa, como casi siempre era necio y absurdo y Pía se levantó, apagó la tele y miró a su madre que a su vez la miraba interrogante.

—¿Por qué lo has hecho?

—¿Es que te gusta?

—No, pero como no hay otra cosa que ver y en el segundo canal ponen boxeo…

—Es que pretendo decirte una cosa que seguramente te asombrará bastante.

La madre ya se puso a la expectativa.

—¿Qué pasa?

—Estoy pensando que no quiero a Quike lo bastante para casarme con él.

María dio un salto.

Su hija nunca fue caprichosa y se lo estaba pareciendo. Además no era ninguna cría, ni ninguna coqueta ni casquivana.

—Pía, ¿estás segura de lo que dices?

—No del todo —dijo Pía—, pero lo ando pensado.

—A estas alturas, cuando todo el mundo te ve en la puerta de la vicaría…

Le atajó.

Lo hizo con cierto apasionamiento desusado en ella.

—¿Te gustaría que me casara insegura de mi cariño hacia el hombre que va a compartir mi vida?

—Eso no.

—Pues lo que me ocurre es una tremenda indecisión. Es posible que se lo plantee mañana a Quike.

—¡Dios mío! Pía, ¿a qué juegas?

—No juego, mamá. Es mi vida la que está en juego. Mi felicidad.

—¿Otro hombre?

Pensó en Arturo.

No, ni soñándolo sería Arturo jamás su tipo. Su tipo, su hombre, su amor, su todo era Quike. Pero ya estaba bien de rencores y vacíos sentimentales y morales. También estaba bien de posesiones físicas.

Había que reflexionar sobre ello, y ella ya había reflexionado. Sin duda su novio la quería, pero podía más en él el rencor que aquel cariño que le tenía.

—¿Otro hombre, Pía?

—Claro que no.

—¿No había un profesor que te hacía la corte?

Pía sacudió la cabeza con energía.

—Ni hablar, mamá. Ni hablar. Arturo es muy bueno y muy amigo mío, pero de eso al amor, media un abismo.

—Entonces lo entiendo menos.

Tampoco ella lo entendía. Es decir, sí, sí que lo entendía. Se debía todo a la anómala situación que vivía y a la que no estaba dispuesta a darle continuidad.

* * *

Ya sabía cuanto se jugaba. Su felicidad, su comprensión con Quike, su futuro entero... Pues bien, pese a todo había que romper, a menos que Quike se desahogara y dijera lo que quería y

113

que aceptara el haberse estado vengando de ella y de aquella soledad de tres años.

Porque una cosa era que la quisiera de verdad, y no dudaba de tal credibilidad, pero otra muy diferente que Quike estuviera jugando con ella como el gato con el ratón, y lo que Quike estaba haciendo era eso. Matando poco a poco unos sentimientos que en principio fueron sanos, pero que a la sazón no eran mas que una sucia posesión sin más sensibilidad que la posesión misma.

Así, no más.

Dijera quien lo dijera.

La madre la miraba boquiabierta.

—Tú nunca has sido voluble, Pía.

Ni lo era.

La firmeza de su amor era irreductible, pero tampoco estaba dispuesta a prestarse al sucio y vengativo juego de Quike.

—No creo serlo, mamá, pero para formar un hogar los sentimientos han de ser muy hondos.

—Yo te consideraba profundamente enamorada de Quike.

Lo estaba.

Como jamás creyó estarlo de hombre alguno.

Era muy distinto lo que vivía con este Quike a lo que vivió con el otro. Aquello fue como un delicioso juego de niños. No se daba cuenta de que ella, sí, ella tenía diecisiete años cuando empezó y veinte cuando lo dejó. Pero es que Quike no tenía nada de niño y contaba veinticinco años cuando empezó y tres más cuando lo dejó, edad más que suficiente para sentir profundamente un trauma semejante.

No obstante, aunque así fuera, entendía ella no era motivo para vengar con odio y posesión un cariño verdadero y profundo.

Quike, en ese sentido, estaba desfasado y ella tenía que decírselo.

Aunque le doliera.

Aunque no se casara nunca.

Aunque se pasase el resto de su vida lamentándolo o llorando su pena.

Pero continuar así, siendo el juguete de Quike, no.

—Es posible que lo esté aún, mamá. Pero hay cosas que no marchan como debieran. Yo no veo en este Quike a mi novio de antes. No sé cómo explicártelo.

—¿Crees que tiene él la culpa o tu volubilidad?

—Yo no soy voluble.

—Pues entonces no lo entiendo.

Ella sí se entendía y consideraba que era suficiente.

Lo que intentaba, además, era no darle exhaustivas explicaciones a su madre, sino ponerla en guardia para que no le causara demasiado asombro y dolor la ruptura.

—Tampoco estarás de acuerdo en que me case con dudas, referente a la intensidad del amor que le profeso a mi novio.

—Eso tampoco.

—Pues eso es lo que existe. No me gustaría que comentaras esto con los padres de Quike. Si algo hay que decir al final de la cuestión que lo diga él. Pero tú manténte al margen. Lo que pasa es que yo no quiero romper con él sin antes advertirte a ti.

—Vaya disgusto que le vamos a dar a tu padre.

—Tampoco lo comentes con él si habla. Ya tendrás tiempo de comentarlo y decirlo cuando todo se haya solucionado.

—En sentido negativo —dijo sin preguntar.

—Desde luego.

—¿Entonces estás decidida a dejarlo?

—No lo sé aún, pero sí, casi seguro que sí.

—Quike te ama.

No le preguntó quién se lo había dicho. Lo diría por verlos juntos todos los días. Por las llamadas que Quike le hacía. ¿Significaba eso amor, amor? Pudiera ser. Pero había otras cosas además del amor que ella necesitaba y no se las daba Quike.

¿Una posesión?

Eso no significaba nada en cuestión de una vida en común.

Para ella no bastaba que fuera feliz en la cama con el hombre, sino que había otras muchas cosas más que conlleva el matrimonio, y de ésas carecía. Como por ejemplo una larga conversación con Quike del pasado, del presente, del futuro. De los problemas de Quike, de los suyos, de sus dichas en común, inclusive de sus entregas.

Pero Quike, con ella, marginaba todo aquello.

—Lo siento, mamá.

—Quike es una bellísima persona.

—También es una bellísima persona el portero del inmueble y no se me ocurre casarme con él.

—Qué comparaciones más absurdas.

Ya lo sabía.

Así que se levantó y pidió disculpas.

—Perdona, realmente hice una comparación absurda. Lo siento.

—¿Estás decidida a dejarlo?

—Espero que sí. Ya te lo diré con más seguridad mañana.

No pudo decírselo.

Cuando vio a Quike se le cerró el cerebro y la boca, y cuando la besó largamente en la boca, el cerebro se nubló todo y cuando la llevó a su piso, obedeció en silencio.

Nunca pensó que quisiera tanto a Quike, tanto hasta el extremo de soportar de nuevo una situación que le era odiosa en el recuerdo, y grata cuando la vivía.

Grata e inefable.

Tampoco Quike era un sinvergüenza ni un sádico. Vivía el amor con ella con todo respeto, pero también con toda pasión. Dudar del amor que le tenía Quike, era dudar de la vida.

Pero si se lo tenía, ¿por qué se comportaba de aquella manera y guardaba aquellos silencios llenos de hondas e indescriptibles lagunas?

•

11

Cuando subía en el ascensor hacia su casa a las once de la noche, le temblaban las piernas. Había vivido el amor como nunca. Jamás sintió tan viva, tan íntima, tan suya, la pasión de Quike y aquel silencio que siguió después, y el que cundió en el auto, le indicaron que no se equivocaba, que Quike se mordía la lengua, se doblegaba para no soltar a gritos que quería casarse, que le pesaba aquella situación y que la deseaba constantemente a su lado.

Pero Quike era duro como un peñasco y ella sensible como una emotiva tonta, y sus decisiones se convertían en nada cuando se veía junto a él, aunque de nuevo acudían a su mente cuando se separaba, como en aquel momento.

«Se lo diré todo mañana», pensaba.

Pero temía que le ocurriera como aquel día.

No tenía valor, fuerza, arranque. Era débil para él y su pasión, y cada tarde que vivía con él se condenaba a sí misma, pero el caso es que cuando Quike quería volvía a vivirlo y era a lo que no estaba dispuesta.

Entró en la casa y su madre apareció en seguida ansiosa y anhelante.

—¿Habéis roto?

—No.

—¿No?

—Pues no.

—Estás pálida. ¿Habéis discutido?

Mejor hubiera sido eso.

Al menos no tragaría bilis como estaba tragando.

No sentiría aquella amargura que le roía dentro.

—No hemos discutido, mamá.

—¿No habéis tocado el tema?

—No.

—Pero tú me decías ayer…

—No hubo ocasión —dijo todo lo cariñosa que pudo.

Y podía mucho.

Adoraba a su madre y sabía que estaba haciendo todo lo contrario de lo que su madre pensaba y haría en su lugar.

—¿Te diste cuenta al verlo, después de una semana, de que le seguías queriendo, Pía?

—No es eso, mamá.

—Pues no entiendo una situación confusa como la tuya.

—Ni yo.

—¿Ni tú?

—Es posible que se lo diga mañana.

Se fue al comedor y ella misma, ayudada por su madre, sirvió la comida de ambas. Comía en silencio, desganada. Daría algo por quedar embarazada y tenerle que decir a él: «Ya ves lo que me pasa».

Pero él era demasiado listo, encima médico.

Sabía lo que se hacía.

Y ella, en tales cuestiones, era más ingenua que una cría, pese a todo lo que llevaba viviendo con él.

—Sin duda estás pasando por un mal momento, Pía. Estás pálida y ojerosa.

«De haber vivido el amor», pensó.

Pero en alta voz dijo:

—Puede que esté confusa.

—¿Con respecto a Quike y tus sentimientos hacia él?

—Algo así, mamá.

—Si pudiera ayudarte. Oye, ¿por qué no acudes a tu confesor? Antes ibas mucho a confesar.

Eso antes, cuando no tenía pecados.

Ahora que los tenía no se atrevía.

¿Qué podía decirle al padre Juan?

Nada. Se lo había dicho todo y le pidió que cortase, y ella no había cortado.

¿Ir ahora a decirle lo que hacía y que seguía en las mismas?

Demencial, y ella era inteligente.

No obstante pensó en ir y contarle lo que pensaba de lo que Quike estaba haciendo por vengar aquellos tres años que por lo que hacía debieron de ser terribles para él.

Sacudió la cabeza.

—¿En qué piensas? —le preguntó la madre—. Tal parece que te ha venido algo desagradable a la memoria.

Puso una excusa.

Después de comer dijo que tenía un montón de exámenes que corregir.

—Perdona que me retire a mi cuarto, mamá, pero tengo muchas cosas del Instituto abandonadas.

—Bueno, bueno, pero te noto rara. ¿Permites que te lo diga?

—¿El qué?

—Eso, que te noto rara.

—Preocupada por los chicos —mintió de nuevo—. Los exámenes en esta evaluación son tan flojos que si no les hago otra, voy a culparme yo de ser una mala profesora.

—Andas distraída, eso es lo que te pasa, y seguramente no eres todo lo buena profesora que debieras. Será mejor que vayas preparándoles otro examen.

—Es lo que voy a intentar.

* * *

Antes de hacerlo lo pensó y repensó.

Pero al fin lo hizo.

Cuando llegó a la parroquia el padre Juan andaba por la sacristía sacudiendo su vieja sotana. No era hombre que aceptara las nuevas costumbres y jamás vestía de seglar, pero en cambio poseía una mente lúcida y estaba al tanto de la vida moderna como el que más.

—Vienes a confesar —dijo al verla.

—No. Vengo a conversar, que es distinto.

—Me habrás obedecido.

—No —dijo sincera—. No. No pude.

—Dios nos ampare. ¿Llamo yo a Quike?

—Desde luego que no. Si no soluciono yo esto, no quiero que se meta usted en ello. Cuando en un caso así interviene un tercero, mal asunto.

—Pía, tú me prometiste...

La joven sacudió la cabeza.

—Una cosa es prometer y otra cosa es cumplir. Somos humanos, ¿no? Estamos sometidos a vulnerables tentaciones, a pasiones desatadas. ¿Puede eso evitarse?

—¿Y la dignidad?

—¿Y el sentimiento, digo yo?

—El sentimiento no es acostarse con un novio.

—Es todo unido. Eso y todo lo demás. Por ahí se empieza o se acaba, no sé. El caso es que las cosas están como estaban o peor, porque yo empiezo a rebelarme.

—¿Por quererlo menos?

—Al contrario, por quererlo más. Me condeno por lo que hago, pero sigo haciéndolo. ¿Puede esto evitarse?

—No veo la forma, a menos que te niegues usando de tu voluntad.

—La tengo a montones, pero para él y para eso, carezco de ella por completo. Porque si hoy me propongo que no va a volver a suceder, mañana, cuando le veo, sucede. ¿Lo entiende?

—Sí.

—Pero no vengo aquí a decir eso, por ello no necesito un confesionario. Vengo a compartir con usted una duda y que me ayude a dilucidarla —refirió toda su vida y lo que andaba pensando de Quike y la laguna de aquellos tres años—. Creo que ahora me entenderá.

—Es decir, que no mantienes una conversación honda referente a ambos y a lo que os pasa jamás. Y que la palabra boda no ha surgido nunca de los labios de Quike.

—Eso estoy diciendo.

—Y quieres insinuar que es una venganza de Quike. Que se tortura él sólo con el fin de torturarte a ti por aquello que ocurrió hace tres años cuando fríamente lo dejaste, aunque te pesara. Es decir que él no sopesa el hecho de que tú te hayas arrepentido en seguida y no tuvieras ocasión de hacérselo saber.

—Eso es. El hecho de que yo siguiera queriéndole aquí no evitó que él sufriera tres años de caótica situación lejos. No evité el sufrimiento. Lo acrecenté al volver y pensar que había sufrido tres años en vano.

—No es posible que una mente humana sea tan sucia.

—No es sucia, padre, es rencorosa. Se mide el rencor por el sufrimiento pasado.

—Eso no es limpio.

—Pues pienso que es lo que está ocurriendo.

—¿Has venido a desahogarte o has venido a buscar una respuesta?

—A ambas cosas.

—¿Sabe tu madre y los padres de Quike lo que ocurre?

—Claro que no. Lo sabemos usted, él y yo.

—¿Nunca se disculpa ante ti?

—Ni jamás me dijo que me quería desde su regreso.

—Pero tú notas que te quiere.

—Que me adora.

—Pues no lo entiendo, Pía. No acabo de entender tanta suciedad mental. ¿Es que no puede Quike derribar el rencor? ¿Destruirlo? ¿Desvanecerlo?

—No podrá.

—Bien, te daré mi respuesta. Lo que yo haría en tu lugar. Abordar la cuestión.

—¿Con él?

—¿Y quién más está en este asunto, salvo yo y no me permites intervenir?

—Sí, es cierto. No quiero que intervenga nadie.

—Pues hazlo tú. Así no puedes continuar. Ni es cristiana, ni católica, ni moral tu postura, y menos suponiendo que él no puede doblegar el rencor. Que puede más ese rencor que el amor que siente por ti. Quítale la careta. Que podáis conversar ambos sin tapujos. O haces eso o me veré obligado a intervenir yo. Tal como tú refieres las cosas eres tan culpable como él por conocer las causas y aceptarlas. Tú eres una persona moral. Debes casarte cuanto antes. ¿Os queréis? El pasado, pasado está. Lo ocurrido debe darse por olvidado. Vosotros estáis viviendo el presente y si Quike es tan rencoroso, que se quede solo.

—¿Tal como están las cosas, puede y debe?

—Puede y debe si no es capaz de dominar sus malos instintos. Ya no menciono para nada vuestra intimidad. Si hay amor, hay también disculpas. Pero lo que no puedo disculpar es que las acciones se cometan por venganza y que a la vez se quiera a la persona de quien uno se está vengando. ¿Vengar qué? ¿Una equivocación? ¿Dónde está la inteligencia de Quike? Todo un médico y comportándose como un macaco sucio. No lo concibo. A menos que haya menos amor de lo que tú dices.

—Hay amor —aseguró resueltamente—. Dejaría de ser mujer para no verlo.

—Pues en ti está poner las cartas sobre la mesa. Y además sin dilación. Te digo —y la señaló con el dedo erecto— que si no lo haces tú lo hago yo. Soy capaz de fingir una infección de vejiga como una casa y personarme en su consulta.

—No, padre —dijo menos segura de lo que ella suponía—. Le hablaré yo.

—¿Poniendo todo sobre el tapete?

—Todo.

—Lo veremos. Quiero casaros yo y espero que lo hagáis antes de un mes o cortéis para el resto de vuestra vida.

—Me hizo bien venir a contarle esto. Creo que podré abordar el asunto. Lo intentaré en su piso esta misma tarde.

—De acuerdo. Y será la última vez que vas a su piso soltera. ¿Está claro?

—Está.

No era tan fácil.

Se lo estuvo repitiendo a sí misma todo el día y cada vez cobraba más fuerza su voluntad.

O se lo decía aquel día o no se lo diría ya nunca. Pero si no se lo decía era muy capaz de pillar un tren y alejarse de la ciudad para toda la vida. Porque ojos que no ven, corazón que no siente. Y eso le estaba ocurriendo a ella con Quike.

12

No abordó el asunto en el auto.

Se habían encontrado en el club como todos los días y sin palabras, también como todos los días, dejaron el local y ya en el interior del auto ambos, Quike dijo como tenía por costumbre, breve y conciso, pero cariñoso y amable:

—A tomar una copa en el piso, ¿no?

Aquel día, de no haberlo dicho el, lo habría dicho ella.

—Sí —afirmó—. Por supuesto.

Pero todo iba a ser muy distinto a como era habitual.

En el ascensor, como era costumbre en él, le desabrochó el abrigo y deslizó sus brazos bajo él atrayéndola hacia sí. Sintió todo el peso erecto de su masculinidad, pero ello no excitó ni conmovió a Pía.

Había decidido algo aquel día. Era ya inútil escapar de una explicación, y si aquel día aquella explicación no tenía lugar, cortaría para siempre, buscaría una sustituta para dar sus clases en el Instituto y emprendería un largo viaje con todo el dinero que tenía reunido y que su madre nunca le tocaba. Lo gastaría todo y, aun después de gastarlo, si no había olvidado a Quike, se pondría a trabajar aunque fuera en el fin del mundo.

Pero mantener aquella situación por más tiempo, en modo alguno.

Sintió que Quike la fundía en su cuerpo entretanto el ascensor subía y que sus labios le buscaban la boca y le hurgaban en ella.

Nunca había grosería en Quike para ella, eso no. Jamás Quike fue grosero, pecaminoso o sucio, salvo en su mente para vengar lo que no tenía razón de ser vengado, pues ella jamás dejó de amarlo y desearlo. En su hacer Quike era cuidadoso, reverencioso y se le notaba lleno de ternura. Si sentía todo aquello, y claro estaba que lo sentía, ¿por qué mantenía aquella laguna entre ambos?

No podía existir otra causa que el rencor acumulado en tres años.

La soltó cuando llegaron al piso, pero cuando estaba abriendo la puerta de aquél, Quike murmuró:

—Hoy estás… apática.

—Es posible.

—¿Por qué?

—Ya te lo explicaré si es que vas a tener la paciencia de oírme un rato.

—Ah —parecía muy asombrado—, ¿es que hoy vamos a hablar?

—¿No tienes tú nada que decir?

Más asombrado aún.

—¿Sobre qué?

—Sobre todo. En particular sobre tú y yo y todo lo que pasa.

Cerraba la puerta ella misma y él por detrás le ayudaba a quitarse el abrigo, quitándose el suyo después, que dejó colgado en el perchero.

Hacía frío en la calle, pero allí, como siempre, daba gusto estar. Funcionaba la calefacción central y las luces atenuadas de las lámparas esquinadas daban al salón una intimidad especial. ¿La buscaba Quike? No, era la decoración que fue montada así.

El salón era grande, pero tenía ciertos rincones, como si se separaran unos de otros, aunque todo estaba dentro de la misma pieza.

Eran las nueve y la asistenta, que a la vez hacía de enfermera para abrir la puerta, ya no estaba. Entraron ambos en el salón y se miraron.

Quike se acercó a ella como tenía por costumbre y trató de enlazarla.

Pero aquel día las cosas parecían distintas.

En cualquier otro momento Pía se hubiese dejado abrazar e incluso se refugiaba más íntimamente contra él. No había frases. Había pasión, ternura y amor. Necesidades físicas y morales que se confundían unas en otras.

—¿Qué te pasa? —preguntó Quike.

Y la miraba con una ceja alzada.

Pía se dijo que seguramente Quike no se daba cuenta de lo que estuvo haciendo con ella todo aquel tiempo. Era como si una fuerza mayor viviera en él y se aplastara en el subconsciente y Quike no estuviera enterado de lo que hacía y ocurría.

—¿No podemos sentarnos, Quike?

—Claro, claro —decía desconcertado—. Por supuesto, pero…

—Hemos de hablar.

—Sí, sí, eso ya me lo has dicho.

—Te haré primero una pregunta, Quike. ¿Cuando hace tres años y pico cortamos… lo sentiste mucho?

Quike, que iba a sentarse, se irguió mirando al frente con las cejas juntas.

—¿A qué viene eso ahora?

—Viene porque tiene que venir. Tú no parecías demasiado afectado… cuando te planteé la cuestión, pero el caso es que te fuiste.

—¿Y bien?

—Eso te pregunto yo.

—Si en aquella ocasión no hablamos de eso, ¿por qué tenemos que hacerlo ahora?

—Es que se me antoja que alguna cosa de las que están pasando ahora es consecuencia de las que pasaron antes.

—No te entiendo.

—Podemos contar con los dedos de esta mano las veces que mantuvimos tú y yo una conversación, digamos seria, de mujer a hombre o de novio a novia, diré mejor. Porque… somos novios, ¿no?

Quike se sentó de golpe y se la quedó mirando interrogante.

Ella no esperó que él dijera nada.

En cambio sí dijo ella:

—Destapemos el pasado, Quike. ¿No crees que es por donde debemos empezar?

* * *

Inesperadamente Quike se levantó y fue hacia el mueble bar casi oculto en la penumbra. Manipuló en él y apareció en la luz portando dos vasos y una botella.

—¿Voy a buscar hielo a la cocina, Pía?

—No, si he de tomar algo, lo quiero solo y del tiempo.

Quike, sin duda nervioso, le sirvió un whisky y le dio el vaso con un dedo de licor dorado dentro.

—Toma —y después añadió vagamente—: Yo sí quiero hielo. ¿Me perdonas un segundo? Voy a buscarlo a la cocina.

Reapareció al rato removiendo el vaso.

Vestía un traje azul marino, camisa blanca y corbata de fondo rojizo con puntitos azules.

—Es mejor que te sientes, Quike.

—Aquí nunca venimos a conversar —dijo él ceñudo.

—En efecto. Pero ya no volveremos más a lo que veníamos.

Quike la miró como alucinado.

—¿Qué dices? ¿Vas a dejarme otra vez?

—Es lo que estoy pensando. Pero esta vez no será las dudas que tenga sobre mi cariño sobre ti, sino por las que tengo yo de ti.

—¿Dudas de mi cariño?

—En cierto modo.

—Bueno, no entiendo a qué viene eso.

—Yo sí lo entiendo y tú lo vas a entender en seguida. Te hice una pregunta a la cual no has respondido aún. ¿Te sentiste dolido cuando te dejé por primera vez? —No esperó respuesta, añadió con una inmensa ternura que estremeció a Quike—: Verás, Quike, yo me di cuenta en seguida de mi error y cuando quise participártelo tú ya no estabas en la ciudad ni en España. Eso me hace suponer que te dolió el que yo te dejara

Quike se levantó otra vez.

Tan apretados estaban sus dedos en el vaso que los nudillos parecían blanquecinos.

—¿Hemos de hablar de eso?

—Sí —con súbita energía—. Una cosa es que nos necesitemos tanto que no podamos pasar sin venir aquí. Ni tú ni yo. Ya ves que yo me meto en ese núcleo de dos… No digo tú o yo, sino ambos. Pero otra muy distinta que marginemos las razones por las cuales venimos. Tú sabes que yo no soy ninguna viciosa. Me consta que tú tampoco lo eres y, sin embargo, nos comportamos como tales, porque jamás se te ocurrió mezclar tu amor con tus palabras. Lo sientes y lo vives pero nunca mencionas por qué lo vives.

—No te entiendo.

—No pensaba hablarte de esto, Quike. Ya me había resignado a vivir así, pero mi paciencia toca a su fin y entre tenerte a medias o no tenerte, prefiero no tenerte nada.

—¿Es que me vas a dejar de nuevo? —gritó roncamente.

—No, si aclaramos esta situación. En aquella época tú serías un hombre, pero yo aún era como una cría sin sentido común. No tenía constancia. No sabía a ciencia cierta lo que era el amor. Te fuiste tú y lo supe, pero ya no pudiste enterarte. Vuelves, regresas, te lo hago saber y entiendo que tu comportamiento para conmigo no es claro.

—¿Qué más tengo que hacer?

—No se trata de hacer, que ya haces demasiado. Se trata de decir y de añadir por qué se hace.

—No te entiendo, no te entiendo —dijo terco.

Y Pía tuvo la sensación de que no había entendido aún porque tal vez ni cuenta se dio de que le estaba dañando a la par que, sin duda, se dañaba a sí mismo.

—Quike… ¿Has sufrido cuando te dejé por primera vez?

—Oh…

Y dejó el vaso sobre la mesa, apretó los puños.

—Mucho, ¿verdad, Quike?

Él se puso rojo y luego tan pálido que parecía iba a caerse.

Se aferró al brazo de un sillón con las dos manos y dijo con ronco acento lo que sin duda Pía esperaba:

—No olvidé jamás lo ocurrido, no —se exaltaba—. No pude. Viví como un condenado. Yo no era un niño con el cual se pudiera jugar. Yo tenía sentimientos de hombre y como hombre te quería, te respetaba, te adoraba. Me había hecho a la idea de que ibas a ser mi mujer. Más tarde o más temprano lo serías. Y de repente apareces tú con tus dudas, con tus vacilaciones, despidiéndome como si cortejáramos tres días en vez de tres años —levantó el puño—. Jamás, jamás pude olvidar esos terribles años. Mascullando todo el día, sufriendo como un condenado.

Calló.

Agachó la cabeza contra el pecho.

Pía se levantó y fue a su lado.

Le miró muy de cerca.

—Y de repente regresas —susurró ella con ternura, poniendo una mano en el brazo masculino—. Me ves y todo el sufrimiento pasado se metió como un clavo en tu cabeza. ¿Verdad, Quike?

Él asintió en silencio.

Parecía un mártir, una víctima.

Pía le entendió perfectamente.

Dijo con suave acento:

—Quike…, pensaste desde un principio traerme pero no te diste cuenta de que al hacerme sufrir a mí sufrías tú. ¿Verdad que sufres por esta situación creada, Quike?

No respondió.

Pero alzó su mano y la puso en su propio brazo sobre los dedos de Pía. Se los oprimió largamente.

—Quike, yo te quiero demasiado. Es muy viejo mi amor hacia ti, para tener en cuenta los motivos que te impulsaron a hacer conmigo lo que has hecho. Tú no te diste cuenta, pero en ti vivían dos hombres. El que sufrió en el Canadá y el que volvía triunfal y se hacía cargo de aquel amor que te hizo sufrir tanto. ¿Es así, Quike?

Él la miró.

La miró largamente, profundamente.

—¿Es eso lo que tú supones, Pía?

—Es la verdad de lo que ha pasado entre ambos hasta ahora. Y si yo no me arriesgo a hablar de ello, continuaríamos así indefinidamente. Tú sufriendo por hacerme sufrir a mí y yo sufriendo por lo que tú, silenciosamente, sufrías.

13

Quike, súbitamente, blando, cálido, lleno de ternura, la apretó contra sí.

Casi lloraba.

—Pía, yo sé que te quiero.

—Es la primera vez que me lo dices desde que reanudamos nuestras relaciones.

—¿Estás segura de que es la primera vez?

—Por supuesto. Me tomabas, me daba... ¿Qué podíamos hacer ambos si por encima de todos los rencores y todos los sufrimientos nos amábamos entrañablemente? Pero después la laguna de tu silencio.

—¿Y el tuyo?

—¿Qué podía preguntarte yo viéndote y sintiéndote tan silencioso?

—Pero tú no rompías mi silencio.

—No, es cierto. Había en ti una doble personalidad que ocultaba celosamente el dolor pasado.

—Fue mucho dolor, sí. Como si me arrancaran de cuajo las entrañas… Así me fui. Así…

La mano de Pía se deslizó por el hombro de Quike y le separó los pelos de los ojos.

—Pía… ¿tanto daño te hice desde mi regreso?

—No. Un poco nada más. El caso es que podamos los dos, mano a mano, como lo que somos, dos novios que piensan unir sus vidas, desmenuzar el pasado para que sea menos doloroso y unir el presente y el futuro para que sea más cálido entre los dos. ¿No es así, Quike?

Por toda respuesta Quike la besó largamente en los labios.

La apretaba contra sí.

Era ternura viva la que sentía.

Como si de repente el pasado se esfumara y el presente se sensibilizara hasta el máximo.

No había encrespamiento excitante en sus masculinidades.

Había algo vivo, profundo, dentro de sí.

Una reverencia. Una dulzura nunca sentida desde que se separaron cuando ella lo dejó.

Era como si de nuevo fueran los de antes, ella una adolescente, él un hombre que frenaba sus ímpetus para no asustar a la novia que deseaba convertir en esposa.

Pía le rodeó el cuerpo con sus brazos y alzaba la cara para mirarlo.

Quike jugaba con sus labios, los besaba, se separaba de ella y volvía a besarlos como si se complaciera en sentir la humedad en sus comisuras.

—Quike, ¿qué dices de nosotros dos?

—Que debemos casarnos, ¿no? Que debemos empezar por doblegar nuestras naturales ansiedades y deseos y largarnos de aquí e ir a algún sitio donde haya gente que nos aísle un poco de nuestros mutuos pecados.

—Siento tu sufrimiento anterior, Quike. Lo siento en lo más hondo de mi ser, pero debo confesarte que yo, silenciosamente, también he sufrido y que pese a ese silencio, tuve la valentía de ir a ver a tus padres para saber de ti y no tuve reparo en referirles lo que me ocurría. Que una vez tú lejos yo te echaba de menos. ¿No valoras eso?

—Oh, sí, sí.

—Pero no lo has valorado hasta que yo, hoy, lo he sacado a la luz.

—No. No me di cuenta.

—O sea, que tú obrabas empujado por ese íntimo rencor que tenías dentro, sin darte cuenta de que con tu proceder me herías a mí.

La cerró más contra su cuerpo.

Era distinto su ademán posesivo.

Tierno, cálido, como si pidiera mil perdones en aquel hacer suyo cautivador, de joven aún adolescente, como si fuera aquel Quike que la enamoró a ella cuando tenía diecisiete años.

—Pía —susurró—. Pía querida, yo no quise herirte.

—Pero me has herido.

—¡Dios santo…! Pía querida, cuánto daría yo por desagraviarte.

Se fundió en él.

Era diferente al Quike médico, era el Quike de antes, cariñoso, suave, cálido, inefable.

Se soltaron y se miraron.

—Pía, yo no quise hacerte mi amante, y pensaba casarme contigo, pero había una cosa en mi boca que me la cerraba al respecto.

—Ese rencor que acumulaste.

—Sí, es posible. Vamos a tu casa, ¿quieres? Le diremos a tu madre que vamos a casarnos.

—No vamos a casa —dijo Pía con suavidad—. Vamos a ver al padre Juan.

Quike abrió dos ojos así de grandes.

—¿Qué tiene que ver el padre Juan en esto?

—Todo. Él nos casará cuanto antes. Sabe lo que hacíamos tú y yo.

—¡Cielos!

—Él fue quien me empujó a quitarte la careta. A descubrir esas lacras profundas que te impedían ser como realmente eres…

Y fueron.

Distintos.

Asidos de la mano.

Silenciosos, pero entendiéndose en aquel silencio.

Ya no era un silencio de dos por separado.

Era un silencio de dos compartido.

Él la miraba y sonreía. Ella le miraba y curvaba la boca en una suave sonrisa llena de íntima ternura.

—Pía —susurró entrando en la iglesia—, me da vergüenza. ¿Qué intenté yo hacer contigo y conmigo mismo? Cielos, Pía. No pensaba yo que te estaba haciendo tanto daño, pese a que presentía el mío propio que era la continuidad del tuyo.

Ella apretó aquella mano masculina en la suya y la alzó hasta su cara.

—Todo pasó, Quike. Volvamos a ser como aquellos dos adolescentes que se ocultaban en los parques para besarse.

—Yo nunca fui adolescente contigo —murmuró Quike cálidamente—. Yo hacía el papel de tal, pero no sentía como un adolescente. Sentía como un hombre, por eso me hizo tanto daño tu volubilidad...

—Ya sabes lo que pasó después.

—Sí, ahora sí. Ahora me veo a mí mismo y te veo a ti... Ahora sí.

También el padre Juan los vio.

Sonrió al verlos juntos.

Sólo dijo apretando las manos de ambos:

—Os casaré la semana próxima..

* * *

El padre había venido con permiso especial desde Londres en avión.

Todo el mundo andaba de cabeza aquella tarde. Hasta los chicos del Instituto que tanto sentían perderla por un mes y tener que quedar con una sustituta. Los regalos llovían, se precipitaban. También llegó el de Arturo, el de sus alumnos, el del director del Instituto.

Todos la recordaban de alguna manera.

Ella y Quike no volvieron al piso.

Ni Quike se lo propuso ni ella le instó para que se lo propusiera.

Los dos, sin decirse nada, pero sin duda de mutuo acuerdo silencioso, se habían propuesto purgar en parte los pecados, y los purgaban de aquella manera.

Abstinencia absoluta. Y hasta no se besaban demasiado, como si así esperaran con loca impaciencia libertad absoluta de expresión en todos los sentidos y teniendo todos los derechos.

Las conversaciones entre ambos eran ahora interminables.

No había reparo en desmenuzar el pasado, ni hurgar en el presente, ni imaginar el futuro.

Era como un deleite distinto, sin pasiones, con una ternura viva que nacía dentro, en cada frase, en cada gesto.

Así se fueron liberando de lacras sucias aquella semana y renaciendo en ellos dos seres opuestos a lo que habían sido últimamente.

Iban a ver al padre Juan con frecuencia.

Se reían los tres.

Nunca se mencionó lo ocurrido, pero los tres lo sabían. El día víspera de su boda, cuando preparaba la iglesia con el padre Juan y el propio Quike, llegaron los niños de su clase cargados de flores.

Sintió una profunda emoción.

Ellos la besaron uno por uno y cautelosos, emocionados, le apretaron la mano con íntima elocuencia.

Todos, animosos, ayudaron a adornar la iglesia y cuando terminaron Quike los invitó a un vino en una cafetería próxima.

Tampoco la madre hizo demasiadas preguntas. Ni los padres de Quike. Se casaban y cuando anunciaron el día de su boda lloraron todos de emoción y la madre se apresuró a poner un cable a su marido.

La boda ya había tenido lugar.

Anochecía.

Había montones de invitados y no faltaron los niños de sus clases nocturnas y diurnas. Todos querían saber si volvería.

Ella lo afirmó rotundamente:

—Volveré hasta que me echen.

El banquete fue largo y agotador y cuando al fin pudieron dejarlo, ambos sentados en el auto respiraron.

Se miraron y sonrieron los dos.

—¿Qué hacemos?

—A ver si te lo imaginas. Al menos lo que pienso hacer yo.

—Sí.

—¿Sí?

Y apretaba su mano con ansiedad.

—Sí. Tu piso.

—Eso es. Nuestro piso. El que fue nuestro, el que será en el futuro.

—¿Y si mañana a las nueve llega la asistenta?

Él rió con risita conejil, algo tiernamente irónico.

—Le dije ayer que no viniera en una semana.

—¿Una semana ahí?

—¿Tanto te molestaría?

El auto aparcaba ante la acera. Descendieron los dos.

Él le pasó un brazo por los hombros y juntos atravesaron el portal.

—No. Sólo esta noche. Mañana nos marcharemos al Canadá.

—¿Al Canadá? —asombradísima.

—Sí. Quiero que vivas allí donde yo viví mi amargura, mi trauma, mis tres años de infeliz médico desplazado del corazón de la mujer que amaba.

Entraban en el ascensor.

Y en aquel hacer que ella conocía tanto, le deslizó los brazos bajo el abrigo.

—Quike…

—Sí.

En sus labios.

—Te estás poniendo…

—Lo que siento.

La besaba en plena boca. Desvariado, loco de ansiedad, de anhelo, coherente, incoherente…

Concreto, inconcreto, pero siempre apasionado.

Al entrar en la casa los dos sabían el camino.

¡Su camino!

Aquel que habían vivido a escondidas, pero que a la sazón podían vivir libremente porque tenían todos los derechos para ello.

La retuvo contra sí. La empujó después blandamente y cayó con ella.

—Quike…

—¿No me sientes?

—Sí, sí… sí…

Y su voz se tornaba apagada, vibrante después, diáfana más tarde, suspirante, cálida…

Vehemente.

Otros títulos de Corín Tellado en Punto de Lectura

Me dejaron con él

 Tras estudiar en la Universidad de Santa Fe, Ingrid Lewis regresa al domicilio familiar en una pequeña ciudad minera, junto a su hermano y su cuñada. Ellos, al igual que el resto de habitantes de Prescott, veneran a Omar Moore, el más poderoso industrial del estado. Y es que, además de rico, joven y apuesto, Omar pasa por ser el modelo ideal de jefe, comprensivo y generoso, y un caballero irreprochable. En definitiva, el hombre que toda madre desearía para su hija. Pero Ingrid, además de haber estudiado psicología, es una mujer independiente y en extremo sagaz. Ella ha percibido en Omar Moore una lascivia y una oscuridad interior inquietantes. Algo que le repugna tanto como le atrae... y que tendrá ocasión de comprobar cuando todos la dejen a solas con él.

Vengas en mí tu dolor

De origen humilde, Alan Gorman es la clase de hombre que se ha hecho a sí mismo. Trabajador honrado, incansable y ambicioso, a sus treinta años es ya dueño de unas importantes minas cercanas a Leeds.

Sus empleados saben que su carácter hosco esconde un corazón de oro. Y aunque todos los potentados de la zona le admiran, unos pocos, llenos de caducos prejuicios, siguen sin aceptarle en sociedad. Pero lo que nadie sabe es que el alma y el orgullo de Alan quedaron mortalmente heridos cuando fue rechazado por Debbie, la primogénita de los Dawson, los más importantes nobles de la zona, amigos suyos de siempre. Ahora, tras años de despecho silencioso, él va a tener por fin la oportunidad de vengar su dolor en Sophia, la hija pequeña.

La pureza de Matilde

Matilde ha crecido en un convento internacional recibiendo una esmerada educación pero aislada del mundo y sus pasiones. Muerta la patriarca de la familia y cumplidos los veinte años es hora de que regrese a la finca familiar en Sevilla. Allí la esperan Jaly, mujer curtida por los avatares de una vida nada fácil, que ejerce de veterinaria, administradora y alma máter del gran imperio patrimonial. Y Carlos Estévez, el legítimo heredero, que ha dedicado su vida a disfrutar del instante y apurar los placeres al límite. La absoluta pureza de Matilde, su sinceridad y transparencia de alma son virtudes a las que Carlos no está en absoluto acostumbrado. La presencia de la joven provocará en su vida una auténtica conmoción y desatará una lucha entre sus más bajos instintos y la catarata de nuevos sentimientos que le provoca la pureza de Matilde.

Te ayudo yo

Ute es una preciosa joven estudiante de veintidós años. La vida le golpea con toda su dureza cuando le arrebata a su novio en un grave accidente de automóvil. Pero las dificultades no han hecho más que empezar: Ute descubre poco tiempo después que está embarazada. Presa de la desesperación y el miedo ante las consecuencias familiares y sociales de su estado le pide ayuda a su amigo y vecino de toda la vida, Alex, quien no duda en casarse con ella para evitarle mayores problemas. Pero cuando se van de viaje de novios una nueva desgracia hará tambalearse sus vidas. Es entonces cuando descubrirán sus verdaderos sentimientos... y la necesidad de afrontarlos.